全民微阅读系列

活着的村庄

郭震海　著

江西高校出版社

图书在版编目（ＣＩＰ）数据

活着的村庄/郭震海著. —南昌:江西高校出版社,
2020.8（2024.9 重印）
（全民微阅读系列）
ISBN 978 - 7 -5493 -9027 -4

Ⅰ.①活… Ⅱ.①郭… Ⅲ.①小小说—小说
集—中国—当代 Ⅳ.①I247.82

中国版本图书馆 CIP 数据核字（2019）第 209565 号

出版发行	江西高校出版社
社 址	江西省南昌市洪都北大道96 号
总编室电话	(0791)88504319
销售电话	(0791)88522516
网 址	www. juacp. com
印 刷	北京一鑫印务有限责任公司
经 销	全国新华书店
开 本	700mm ×1000mm 1/16
印 张	14
字 数	180 千字
版 次	2020 年 8 月第 1 版
	2024 年 9 月第 2 次印刷
书 号	ISBN 978 - 7 -5493 -9027 -4
定 价	58.00 元

赣版权登字 -07 -2019 -803

目录 / CONTENTS

第二辑　发生在村庄里的事

第三辑　生长在村庄里的草木

第四辑　居住在村庄里的动物昆虫

第一辑

生活在村庄里的人

老陶匠张德奎

老陶匠张德奎,是"张氏陶品"的第六代传人。

张家六代烧陶,百年传承,陶品畅销,声名远扬。不过,背后有闲者议道,张家六代只出陶匠,不出商人。这是因为,张家一座老窑传了六代,陶品再旺销,规模从不增,陶品只是喝水的杯子、吃饭的碗、盛菜的坛子,仅售给普通人,价格十分低廉。为此,张家六代,制陶烧陶,循规蹈矩,恪守质优利薄,"张氏陶品"虽名声在外,但张家从未因陶发迹,到张德奎这一代生活依然很简朴。

一身布衣,一脸祥和,花白的发须,灵巧的双手,张德奎老人做陶,对每一道工序都专注而认真。一抔泥土成为一件陶品,在张德奎老人的手里要走过无数道工序,配料、成型、干燥、焙烧,他严格遵循着祖上立下的规矩:土是自己选,泥是自己配,型是自己塑,窑是自己烧。

在旁人眼里,一件件陶品,只是冰冷的,没有思维,更没有灵魂的物件,但在张德奎老人的眼里,这些陶品都是活着的,是有灵性的,一个碗、一只杯子或一个坛子,在他的眼里,件件灵动鲜活,特征各有别,性情各不同。上了点年纪后,张德奎习惯手不停嘴不闲,边做活儿边和这些物件儿交谈。

"瞧瞧,瞧瞧你多棒啊!肯定会成为大家的抢手货。"他对一个碗说。"看看,看看你多完美,简直就是一个棒极了的小伙子,出窑后要惹多少杯子的妒忌啊!"他对一只杯子说。一批陶品入窑后,烧制的过程格外关键,火候的掌控直接决定着陶品的成色。窑火轰轰作响,老人忙碌着,嘴里还在不停地念叨:"我的棒小伙子,俏姑娘们,请接受这火的锤炼吧,你们只有经过烈火的锤炼,才能真正从泥土变成人人钟爱的陶品,请接受这火的锤炼吧,小伙子们……"

出窑后,老人会选择一个阳光明媚的上午,坐在窑院中的一个矮凳子上,对一件件陶品进行精心的"体检",保证出售的陶具没有一点瑕疵,这也是张家六代做陶的规矩。

"小伙子,俏姑娘们,你们谁也别想欺骗我这个老头子,虽说现在我的眼神不太好,但我告诉你们吧,我就是闭着两眼,手一摸就晓得你们的好赖。"老人精心地查看着眼前的陶具,自言自语。每一件陶具经过他的严格体检,完全合格后,才能进入两个箩筐中,老人会用扁担挑着陶品走村串巷去卖。

十里八庄的乡亲们太熟悉他了,都亲切地喊他"老陶匠"。清晨,张德奎老人挑着陶具走出村后,金色的阳光一点点地洒向大地,洒在他苍老的身躯上。他踏着一路金色,边走边和箩筐里的陶品乐此不疲地讲述,讲述他的过去,讲述张家做陶。多少年了,他已经习惯了这样,一路走一路说,谈笑风生,仿佛两个箩筐里的陶品,都是他的好伙伴。

"你们肯定无法晓得,这条道俺走了多少次,是的,俺也不晓得。从 14 岁开始跟着俺爹学陶艺,20 岁开始做陶、卖陶,现在都 71 岁了。51 年喽,这条道俺走了 51 年喽!或许你们会认为我们张家没有出息,六代人努力做陶,都没有做出一件供人珍藏,可以传世的艺术品。是的,你们肯定会这样想,年轻的时候,俺也这样问过俺爹,爹告诉俺,孩子,咱们张家做陶,不求传世,只求实用,我们不为富贵人家做玩件,只为普通百姓做用具。记得,俺在跟爹学艺的那段时间，挨过爹无数次的巴掌，那个疼啊，火辣辣的。爹告诉俺，做每一件陶品都要力求精品，我们做的虽然不是供富贵人家赏玩的工艺品，但我们做的是给乡亲们用来居家过日子的实用品，这就要求我们必须精益求精，保证经久耐用。"

老人一路讲述着，金色的阳光站在箩筐里，落在一件件洁白的陶器上，发着耀眼的光芒。张家作为远近有名的工匠世家，六代人坚守：做良心陶，走百姓路，卖低廉价。在张家，做的陶件只要有一点瑕疵都会被打碎，所以一窑陶品真正能出售的只有两成，其余全为废品，凡是进入百姓家的张家碗或张家杯，无一不是精品。老人说，他的父亲，为了做出乡亲们喜欢的碗，歇窑时经常会去走访百姓，通过走访，对陶品进行不断改进。那时的"张氏陶品"因为质优价廉，深受百姓喜爱，一度旺销，供不应求。乡亲们说，买得张家一个碗，不碎能用上百年。

"我的棒小伙子，俏姑娘们，你们无法晓得俺爹的认真。他活着的时候，经常告诫俺，咱老张家为陶匠世家，乡亲们喊咱'工匠'，咱一定要对得起这个'匠'字，工匠得名几十年，毁名只用劣品一件。咱张家凭手艺吃饭，做的是良心活儿，绝不能去糊弄乡亲。记得有一年，爹在检验出窑的碗，看到一个碗上有一点几乎看不出的瑕疵，爹没有打碎，放到一边本想留着自己用，不承想娘不知情，以为爹没有打碎的碗肯定是合格品，就顺手放入了箩筐。爹担着陶器离家三天售完归来，去找那个放在一边的碗，娘说她放到了箩筐里。爹听了非常生气，他没有顾上吃饭，连夜提着马灯，拿着一个好碗，寻着他出售的家户，挨门逐户去找，最终从一位正在吃午饭的农人手里换回了那个碗。"

"老喽，岁月不饶人啊！"老人说着，轻轻地将担子放下，他坐在路边的一块石头上，擦着淌下的汗水感叹。对于71岁的他来说,挑着两箩筐陶件,走在蜿蜒的乡道上已经很是吃力。老人有一儿一女,遗憾的是谁也没有跟着他学陶艺,而是进了城。这也意味着张家六代做陶,到这里失去了继承人,"张氏陶品"这个百年老字号要在他这里走向终结,这也成了老人长久以来的一块心病。上了年纪的张德奎,放不下陶,坚持做陶,城里的儿女极其反对。儿女们说:"如今都啥年代了,各种材料做成的器具,应有尽有,谁还去稀罕那陶碗和杯子啊!"老人听了后很不开心,他说:"这材料,那材料,吃饭喝水哪有用泥土做成的陶件用得健康!"

"难道张家六代传承的手艺,真的要失传吗?"老人坐在石头上,望着箩筐里的陶件发问。他多希望能将张家陶艺传承下去,他多希望乡亲们总能用到张家做的碗和杯子,可年迈的他已经力不从心,这也是他最后一次做陶、卖陶了。这次他没有卖光全部的陶件,留下了一只杯子,这也是他此生烧制的最后一窑陶件中的最后一件,他不舍得卖光,想留下这只杯子自己用。

失去了张德奎的照看,张家六代苦心经营的老窑很快就荒芜了,窑塌土崩,荒草丛生。处于这个物质高度丰富的时代,荒芜的老窑就如一阵微风吹过,几乎无人觉察到它的消失。随着城市化的迅速扩张,老窑很快就被拆除,取而代之的是一座拔地而起的高楼。高楼里进进出出的人,行色匆匆,没有人知道这楼下曾经安葬着一个家族苦心经营、传承了六代的陶窑。

2015年秋天,老陶匠张德奎走完了自己的一生。临终前,老人特意嘱咐儿女,死后一定要将他和那只杯子一起下葬。儿女们不解,问父亲:"为什么执意要带这只普通的杯子走呢?"老人用最后一丝气力,告诉儿女,如果和那些精美的工艺品相比,同为陶器,这只杯子确实不名贵,甚至有些卑微,它只是一只用来喝水的杯子,但这只普通的杯子,代表着的是张氏陶品六代人恪守的信念:做良心陶,走百姓路,卖低廉价。张氏陶品不求传世,只求实用,不为富贵人家做玩件,只为普通百姓做用具。这是他坚守了一生的自豪,也是张家六代清苦经营,百年传承的荣耀。

庄稼人老方

黄昏,老方总是等田地里的人散尽了,才拍拍身上的土,披着夜色归家。20 世纪 50 年代,华夏大地百业待兴,刚刚走出苦难的庄稼人积极性高涨。老方上了半年扫盲班,比起他参来,除种好田外,心里多了一份向往,这向往就像一束光,让他整个人变得透亮。

夏夜,月挂树梢。劳作了一天的庄稼人,难得清闲,男男女女端着饭碗,聚在村中央的大柳树下,家长里短,高谈阔论。老方不,他独自一人燃一堆火,借着火光看一本破得已经没有了封面的《汉语字典》。

这是他捡来的。老方不想当一辈子"睁眼瞎",他想学文化。在当时,这念想可谓是奢望,老方不能影响劳作,更不能浪费家里的煤油,只能利用晚上,燃起柴火,借着火光自学。他每识一个字,先按《汉语字典》上标注的拼音读出来,再用树枝在地上模仿着写,一遍又一遍,坚持了八年。八年时间,老方背熟了一整本《汉语字典》。

县宣传部的人听说此事,派人来村子里进行调查核实后,专门为老方开了一个表彰大会。会上,县领导为他戴上大红花,颁发了"自学成才模范奖"。获奖后的老方成为全县的"名人",也成为县自学成才的农民代表。每当上级来乡里检查工作,老方就会被乡里的干部喊去,换上干净的衣裳,为检查组背诵《汉语字典》。次数多了,老方不干了。他说:"这样做事也太假了,俺学字不是为了表演,是为了不当'睁眼瞎',能看书读报,能教更多的庄稼人认字。"乡里的领导为此还发了火,训了老方。有人说,老方真是个死脑筋,本来说不定还有机会成为"公家人"吃上"供应粮",这下完了。老方说:"这样的'公家人'俺当不了。"

走过互助组,经过大集体,土地包产到户,时间进入20世纪70年代后期。随着国家的逐步兴盛,太行山里的农村通了电,晚上偶尔也能看上一场电影。老方种地舍得卖力,除交完公粮、余下口粮外,他就去县城卖些粮食,逛书店买书,他也是整个村子里第一个自掏腰包订阅报纸的庄稼人。夏夜,大柳树下很热闹,不同的是原来从不参与闲聊的老方,成了柳树下的主角。大家聚在一起,都会问:"老方呢? 快找老方。"不到40岁的老方已经成了全村人的"老方"。老方不客气,来了后,会站到人群中央,拿出最新的报纸,清清嗓子,然后开讲。讲国家新政策,讲城乡新变化,讲世界上发生的大事,村里人听得如痴如醉。

冬闲时,老方就借用村供销社的一面后墙,抹黑,办起了"黑板报"。三天更换一次,讲政策,说法律,歌颂好人好事,几十年如一日,从无间断。用老方的话说,一个人有了文化,就有了精气神,一个村庄有了文化就像有了魂魄,有了正能量。

村庄因为有了老方的坚持义务宣教,大家懂礼守法,男女老幼和睦相处,路不拾遗,夜不闭户。村干部老连60多岁,连任十年,年年受上级的表扬。受了表扬的老连,总会踏着夕阳的余晖,提一壶自家酿造的米酒去请老方喝酒。一次,老方几杯米酒下肚,向老连提出一个要求,他想利用村集体的活动室办个免费图书阅览室,把自己的书全部献出来,再卖几只老母鸡,买新书。老连听了后说:"俺这当村主任的干吗?啥也不说了,既然这样,今年上边给俺发的补贴,俺全部捐出用来买书。"老方听了兴奋,端起酒杯就和老连碰。

当晚,老方和老连一拍即合。不到一个月,村子里的免费图书阅览室就正式开门了。在那时,这也是整个太行山区第一个有免费图书阅览室的山村。

村里人得知阅览室是老方和村主任老连两人捐钱办起来的,有人就说:"这哪能行?大家学文化,要捐大家一起捐。""对,要捐大家一起捐!"大伙跟着响应。就在阅览室开门的当天,村里的人自发组织来到阅览室门口,浩浩荡荡,有的村民手里提着鸡,有的村民肩上扛着粮。村主任老连看到这场面后,感动得刚喊了一句"乡亲们"就泣不成声。

80多岁的老犟头没儿没女,他把积攒了一生、准备用来买棺木的钱全拿了出来。这一举动让全村人为之感动,当然也包括老连和老方。老连被大伙围着脱不开身,老方几步走到老犟头的面前说:"叔,您这是干啥啊?这可是您一辈子的积蓄,用来养老送终的钱啊!"

"俺做了一辈子的'睁眼瞎',临死能看到娃们有书看,这不比睡在棺材板子里心安吗?侄儿啊,叔的脾气你是晓得的。"

老方知道,在村子里,老犟头是出了名的倔强,只要他做出的决定,谁也拦不住。

老方的眼里蓄着泪,望着老犟头说:"叔,从今天起您就是俺老方的亲人,俺来为您养老送终。"

"对,您也是我们的亲人,我们都来为您养老送终!"有村民跟着喊。"对,对！您是全村人共同的亲人,我们都为您养老！"大家齐声喊。

乡里、县里听说这件事后,通报表扬,决定由政府出资买书作为奖励送到了村庄。送书的当天,村里人敲锣打鼓夹道欢迎,比过节还要热闹。

深藏在太行山中,一个只有500多口人的山庄,闭塞但不落后,因为有一个老方带动起整个村庄,庄稼人种田、学习两不误。从国家恢复高考到现在走出了40多名大学生,其中有15个硕士,3个博士。从1949年到现在,60多年里,村庄里几乎没有发生过纠纷。全村人就如一个大家庭,尊老爱幼,和睦相处,走进村庄,听到最多的就是开心的笑声。

2014年秋后,86岁的老方,在金色的秋天里走了。据村里人讲,他中午还笑呵呵地吃午饭,午后就走了。他的离去,牵动了整个村庄,他的葬礼是我在村子里见到过的最为隆重的葬礼。出殡那天,全村不管男女老幼,凡是能走出家门的人都走了出来,为老方送行。甚至在外工作的村里人,能赶回来的也赶了回来,送行的队伍排成了一条长龙。

我跟在长长的送行队伍中,身边几个拄着拐杖的老人流着泪,边走边念叨:"老方啊,您怎么就走了呢,您……"在村子里,亲如一家的庄稼人,说"你"和"您"的时候,是从来不去刻意区分的,这次我听得清清楚楚,他们喊老方的时候,用的都是"您",而不是"你",这让我突然想起老方活着的时候,曾经说过的两句话:

"我常常在心中默念一个'慎'字,因为我时刻在提醒自己,最怕自己待人'心'不'真'。"

"如果大家发自内心称呼'您'的时候,这说明你是一个受人尊重的人,因为大家把'你'放在了'心'上。"

守桥老人李汉光

　　小镇因一条"起云河"穿镇而过，得名"起云河镇"。镇里的百姓，沿河而居，分布两岸，一座百年石桥，连接东西，承载着两岸百姓东来西往，繁荣着小镇的经济和文化。

　　起云河不宽，除每年的雨季，河水略有上涨外，平素里就如一面镜子，看似平静实际却日夜静流。每年春秋两个季节，倘若遇到几日连阴雨，看吧，平静的河水仿佛长出了手臂，升腾的雾，变幻着各种姿态，时而浓如墨，时而薄如纱，笼罩着小镇，与天上的云相连。行人东来西往，走在桥上，若是雾淡了些，你会顿觉置身仙境，人在云里走，树在天上长，高低错落的民居，宛如云中楼阁，确如人间仙境。起云河也由此而得名。

　　石桥据说修建于康熙盛世，历经三百多年风雨，至今依然坚固如初。说到这座桥，小镇里的李汉光老汉总是一脸的骄傲，当时他的曾爷爷在朝中为官，心怀家乡，拨款修桥，连接东西，方便百姓，事实确凿，不仅桥上石碑有载，李家家谱也做了记录。李汉光也是小镇里的大家族之一，他幼时读过私塾，通文识字，在镇里的威望也很高。

　　如今，年高八旬的他，每天都会到桥上去打太极。桥面的石块因常有行人过往，被打磨得乌黑发亮，犹如一面面镜子，可清晰映人。李汉光一剑在手，一身宽松的白衣，面如古铜，白眉白须白发，小桥上，他一招一式，伸展有度，颇为到位。若是你第一次到达小镇,正好遇到李汉光打太极,你肯定会把他看作是仙人落凡。不过,小镇上的人已经习惯,行人东来西往,都会笑着喊一声:"李老爷子,好啊!"李汉光嘴里连声应着:"好,好!"手中的剑仍挥个不停。

春秋季节,天若连阴,李汉光会头顶一个大大的竹斗笠,除去一日三餐外,都在桥上,或练太极,或面河静思,或从桥东走向桥西,总之,他能一天不离石桥。

小镇上的人对此闲言不少,有人说,李老汉真是越老越虚伪,不就是祖上修了一座桥吗,也用不着整天不离桥,唯恐天下人不知似的。也有人说,当时修桥也不是他曾爷爷私人解囊,用的是朝廷的钱,国库里的银子,那也是百姓上交的税。更有人说,这老汉放着小镇里安静的公园不去打太极,偏偏到桥上去,这不是故意显摆吗,就好像这桥是他自家的一样,说不定哪天他还要拦桥收费呢。

闲言如烈火,愈燃愈烈,李汉光的子女听说后,就劝说自己的父亲:"人家都在背后说您显摆呢,要练剑您去公园里多好,有花有草,镇里的老人都聚集在那里锻炼,累了还能坐在一起说说笑笑,您为啥偏偏要到桥上去呢!"李汉光听了笑着说:"爱去哪里,是我的自由,谁规定不能到桥上锻炼身体了,又没影响大家正常通行,谁爱说啥就让他们说去好了。"

对此,李汉光的儿女也感觉父亲有点不可理喻,简直是越老越糊涂,越老越拗,又不好强加干涉,只能忍着镇里人对父亲的背后闲言,无法张口。曾经在小镇上威望挺高的李家人,走路都是昂着首、挺着胸,如今因为李汉光老汉的此举顿觉矮人半分。

"哟,李家老爷子,假如有一天黄土埋身,看不到桥了,那可咋办啊!"镇里人途经小桥,看到练太极的李汉光老汉就放开嗓门喊道。

"就是，就是，这李家修的桥，李家老爷子以后又带不走，多无奈啊！"

"可惜啊，李家老爷子我们走这桥面，您心里是不是也很心疼啊！"

大家你一言我一语，看似说笑，其实句句话里带着讽刺，李汉光笑笑不语，仿佛桥上无人，他只顾打着太极，步步到位，一点不乱。

几年后，李汉光病倒了，他无力上桥。卧床三日，小镇上出了两件大事。先是刘家的闺女因为和母亲斗嘴，一气之下，跑到桥上，跳河自尽。接着王太龙的小孙子，独自跑到桥上玩耍，攀越护栏不幸溺水身亡。

小镇上的人为此议论纷纷。有人说，一定是小镇上有人惹到了河神；有人说，二十年一个轮回，又到了桥上出事的时候了。因为之前的二十年里，桥上从来没有出过事。

大家你一言我一语地议论着，谣言四起，越传越邪乎。就在大家乱猜测的时候，有人突然感觉桥上好像少了什么。

"少了什么呢？"

"对，打太极的李家老爷子。"

"对，对，就是李家老爷子。"

大家仿佛如梦初醒，纷纷去看望李汉光老汉。这才发现他已经过世。他的子女们哭着说，他爹咽最后一口气的时候，还用指头指着桥，断断续续地说，自己上了年纪，不能下地，就在桥上打太极，其实他是在默默守桥，耐心劝走因为一时想不开准备跳河的人，告诉攀越护栏的娃娃们这种行为的危险，他默默地在桥上坚守了二十年，不知守护住了多少性命。那些曾经在背后说李汉光老汉闲言的人听了后,愧从心中生。李汉光出殡那天,全镇的人为他送行。

就在李汉光安葬后的第二天,桥上多了几个打太极的老人,他们均是一剑在手,一身白衣,途经桥上的人,热情地向这些老人打招呼的同时,会不自觉地眼望西山,因为那里安歇着李汉光老人。

吾友乐呵先生

吾有一友,生在乡村,生性乐观,年过知非,依然像个孩童。

吾说他像"孩童",不单指生性,貌相也像,头发乌黑,面容白净,充满活力。如他漫步街市,不谈年龄,独凭长相,别人肯定不会怀疑他是当"爷爷"的人。

平日里,好友欢聚,习惯拿他开涮。有人说:"乐呵老友,你快成精了,指不定哪一日就被狐仙掳了去。"他笑笑。有人说:"乐呵先生,你孙儿见了你是叫哥还是叫爷啊。"他同样是乐。

乐呵姓张,如这般年龄,称个"老张"也妥帖,但我们都习惯喊他"乐呵",因为他天生爱乐,有事无事乐呵呵,就如上天对他格外眷顾,人间愁事儿全抛于别人,与他无关。

26 岁,他从部队退伍回家,当时的退伍军人,不管岗位好坏,地方政府都会给予安置。和他一样退伍的军人,都忙着托关系,想往好单位挤,他不找不忙不急,整天乐呵呵地等。最后被安置到市供水公司上班,说上班其实无事儿,在办公室负责接电话,打水扫地。他同样很开心，无事就看小人书，看着看着就旁若无人地笑得人仰马翻。

他天生不惧，比如别的职工见了公司领导，能避就避，真避不得，迎面而见，打个招呼也会结结巴巴，脸红心紧。他不，比如早晨上班，他两手提着四个暖壶，看见领导，老远就喊："首长，首长，早上好啊！"或许他在部队喊习惯了不觉得，别人听了都说像调侃，他不管，喊得很自然。奇怪的是领导听了不恼，还会回一句："早上好！"

一次，单位组织集体乘车外游。领导在车上，大家显得异常安静，气氛凝重得像结冰。按资排座，坐在车最后排的乐呵受不了沉闷。他直接跑到车前，拿起车载麦克风，"呼呼呼"吹气试音。一车人用惊恐的眼神看着他，或许会想："这傻蛋肯定疯了。"

乐呵很自然，手握麦克风，面向大家说："首长好，各位兄弟姐妹们好，本人五音不全，但为了减少大家的旅途劳顿，愿意献歌几曲，来呀，掌声在哪里？欢呼声在哪里？"

有员工小声说："这小子真是初生牛犊不怕虎啊，领导在车上，竟敢如此放肆。"没想到，领导带头鼓掌。乐呵唱了几首歌不过瘾，就开始讲笑话，一路逗得全车人笑得肚子疼，领导更是合不拢嘴。行程进行到后来，领导有事了就喊："小张，过来，给我拿衣服。""小张，快去给我买瓶水。"

有人问乐呵："你真不惧领导？"他说："惧啥？领导是人又不是鬼。"在单位，精明的人想着法儿接近领导，目的是想求上进。乐呵不，闲了就看小人书，独自乐呵。有人跟他开玩笑："你就不想当个官？"他说："咱天生就不是当官的料，不如开心好。"

谁知，最不愿当官的乐呵，竟然莫名其妙地被提拔为办公室副主任，宣布任命安排的那天，大家吃惊，乐呵自己也吃惊。有人嘟哝："凭啥，别人干了十年都没戏，他一个小毛孩子，来了不到半年就提拔。"不满归不满，高层的决定，大家还是得执行。

后来，乐呵平步青云，从副主任到科长，再到公司副经理。友人问他："你小子，一路高升到底托了啥关系，送了多少礼？"乐呵愣了，反问："送啥礼啊？"他确实没托关系，也没送过礼。大家后来又说，这家伙命好，上天眷顾，凡人能奈何？

有的人一旦为官就会感染"官气"，如打官腔，走官步。乐呵不，职位越来越高，本性反倒越来越率真。比如他到下面调研，看到工人施工，就挽起袖子和工人一起干一阵子，浑身泥浆，照样开会。比如他开会从来不用稿子，大白话，干甚，为甚，如何整，交代清楚就散会。没事了就哼小曲儿，见到小孩子，就眉开眼笑，蹲下身亲亲人家的小脸。晚上无事，他和妻子会一起逛地摊，见了衣服，只要合身就买一件直接穿。一次他穿了一件 79 元钱的地摊衣服到省里去开会，司机说："张总，你穿这样的衣服别人会笑话的。"乐呵说："我穿的衣服自己舒坦就行，管别人干啥。"

乐呵不老，越活越年轻。吾等表面拿他开玩笑，暗地里都很羡慕他。一帮子友人聚一起，常用十个字去描述他：真实、简单、随性、快乐、洒脱。

或许有人说，这样简单的十个字也算生存哲学？其实很难，如果一个人一辈子真能做到这十个字，可谓活在人间成了仙。

"灶王"李三

在黄河滩村李三得名"灶王",是因为他有一手盘灶的绝活儿。

说到盘灶也许大家不晓得,说通俗点儿就是用砖垒烧煤的灶。在过去的农村没有液化气,更没有通煤气,买个铁炉子烧炭浪费,居家过日子精打细算还是很关键,一日三餐做饭烧煤就需要垒个灶。但乡亲们不说"垒"而说"盘"。除盘灶外,还有盘炕,就是用砖垒的土炕。你可别小看这盘灶的活儿,绝对是一门手艺,盘好了,火旺而省煤,盘不好,光起烟不起火,用北方人的话说就是"不催锅"。

李三从三十岁开始学会盘灶,一"盘"就是二十年,虽说不是天天有活儿,但隔三岔五总有人找,盘灶的名声也随之传出百里开外,不仅得了个"灶王"的美称,而且在黄河滩村还有专门属于他的歇后语:"李三盘灶——有一套"。

李三盘灶只用半天工夫,他到一户人家后,先在厨房走几步,往地下一蹲,方位就确定了,先挖一个四方形的坑,做灰池,平地砌三层砖后放"炉支"。"炉支"也许大家不晓得,就是六根用生铁铸成的铁条,支撑着整个灶心,安放时很有讲究,缝隙大了,撑不住煤,用乡亲们的话说就是"总塌火";缝隙小了,下不去煤灰,用乡亲们的话说是"憋灶儿"。李三放"炉支"从来不用尺子,他的手就是最好的工具,两根指头往"炉支"之间一放,不松不紧正合适,但换作别人的指头恐怕就不行。他放砖时也很有讲究,一铲白灰泥摊开后,拿起一块砖,手腕子一抖,砖就在他的手里乖乖地转个圈,光面向外,糙面朝里,看都不用看,砖在掌心旋转的过程就是他选择的过程。

其实对于李三来说,他之所以被称为"灶王",最绝的还不是砌,是砌成火后做火肚子,乡亲们对做火肚子也有一个专门的说法,叫"套火儿",经李三套出的火儿,用几年下来都不会裂纹儿。

同样是盘灶,梁憨儿出道要比李三早,手工也比李三精巧,他砌成后的灶,表面平整得能吸住钢板儿。关键是他在套火儿这个程序上永远比不过李三,他套出的火儿,不出三日总从火肚子里开始裂缝,不聚火不用说,一旦烟囱不通了,烟就顺着砖缝往外散,遇到这样的情况,农户还得去求李三。李三总会对来人说:"狗日的梁憨儿砌灶比我砌得好,表面平整得都能照出人影儿,干啥又找我啊!"来人就说:"中看不中用的梁憨儿,我如果早知道是这样,一准来请你!"李三听了很开心,也不多做计较,乐呵呵一笑就跟着来人上门服务。

虽说同行是冤家,但为了讨一个"套火儿"的手艺,梁憨儿没少请李三喝酒,每一次喝到好处的时候,梁憨儿总会问:"你说这套火儿……"这时的李三总不让梁憨儿把话说完,手一挥说:"喝!咱哥俩今天就是喝!"说着就端起大碗和梁憨儿碰酒,一碗酒下肚李三就开始语无伦次,"呵呵"个没完没了。有一次,梁憨儿忍不住了,干脆就开门见山问:"你说这套火儿为啥老开缝儿呢?"问完就用眼睛盯着李三。李三"哈哈"笑完了才说:"很简单啊!开缝儿是你没有抹平嘛,呵呵!"梁憨儿听了李三的话后,套火儿的时候就使劲往平里抹,结果还是开缝儿,主家最后还得去请李三来重新"盘"。就这样,李三的名声越来越大,"灶王"也越叫越响亮。梁憨儿却越来越受冷落,这时的梁憨儿才感觉李三压根就没有对他说实话,其实开缝儿与平否毫无关系,关键是在用泥上,梁憨儿用石灰泥、红土泥、沙土泥试了个遍,无用。"这龟孙儿李三!"梁憨儿骂。

正是因为这最后一道程序不过关,梁憨儿总感到比李三矮一头,逐渐也没有人再找梁憨儿盘灶,梁憨儿也始终弄不明白用什么样的土和出的泥套出的火肚子不开缝儿。在村里没有人用的梁憨儿进了城,当然不是去盘灶,而是去搞建筑。在城里由于梁憨儿做的活儿精巧,很快就由一个建筑工成了包工头,包了几年工的他有钱了,在城里有了属于自己的私家车、单元楼,做饭用的是煤气,但每次妻子在厨房忙碌,他总是看着煤气灶发愣。这个时候他就会想起李三。在村里的李三呢?

梁憨儿走后,没有了竞争对手的李三,成了十里八乡独一无二的"灶王",可是他总也寻不到过去盘灶的那种畅快感,原因也正是没有了梁憨儿。尤其是上了年纪的李三走不动路了,村里纷纷开始拆去砖火,换成了铁炉子,烧起了煤球,有的村庄还通了煤气,苍老的李三很快病倒在床上,他完全没有想到梁憨儿这时会专门回村来看他。

李三看到和他一样苍老的梁憨儿说:"狗日的梁憨儿你老了!你怎么就老了呢?"梁憨儿说:"老杂种你也老了啊!你怎么也会老呢?"李三听了笑笑。梁憨儿说:"要不咱哥俩今天喝点?"李三那天精神很好,他一听要喝点,从床上一骨碌地坐起来,笑了笑说:"你小子不会还是想借酒讨我的手艺吧?"梁憨儿乐了说:"你不会再装醉吧!"李三笑了。

夕阳西下,这是一个安静的傍晚,两位老人,不,应该说是两个曾经的竞争对手,盘腿坐在床上欢快地对饮着,没有菜,但是俩人喝得很畅快，几杯酒下肚后，李三说："我说憨儿老弟啊，你可真是憨啊，其实论盘灶你的手艺要比我好啊，你输就输在一个不起眼的细节上！我今天就告诉你吧，省得你狗日的带着个问题进到棺材里，套火儿要想不开缝儿其实很简单，就是用筛细的煤灰配点红土做泥，这样套起的火肚子是越烧越结实，永远都不会开缝儿！"

"啥？你说啥？"梁憨儿极不相信自己的耳朵。当时他红土、石灰、沙土都想到了，为什么就没有想到这最不起眼的煤灰呢？梁憨儿说："老三哥啊老三哥，你可真是绝啊！"

李三哈哈笑了说："呵！啥叫手艺，说到底这就是手艺啊！"

梁憨儿无语。

入戏的芳芳

剧组到黄河滩村拍戏，摄像机就高高地架在村子的中央。周围被来自四面八方看热闹的群众围得水泄不通，导演拿着小喇叭高喊，意思是想在围观者中挑选一个临时的女配角。女配角一旦被选中就有三分钟的戏，更重要的是还有一句台词。

导演的喊话就像一块磁石，牢牢地揪着四周围观者中无数女孩子的心，她们都拼命地往前挤。三分钟的戏，还有一句台词，这对于一个临时的配角来说有足够的诱惑力。芳芳就在人群当中，她挤得满脸是汗水，一张小脸显得红扑扑的，就像一个刚从苹果树上采摘下来的红苹果。从小就梦想做一名演员的她是整个小镇上公认的美女,她经常从流行杂志上看到一些关于著名演员成名的报道,她清楚地知道有许多走红的演员最初都是这样被挑中的,她想抓住这个对于她来说一辈子都不可能再次遇到的机会。

导演的目光在围观的群众中扫来扫去。很幸运的是,芳芳已经挤到了人群中的最前面,正在呼哧呼哧地大口喘气。导演用手一指说:"小女孩,你来!"芳芳看着导演指的正是自己,但又极不相信地朝四周看。"别看了,就是叫你呢!"导演又补充了一句。芳芳被选中了。

戏其实很简单,一个双目失明的青年在大街上走着走着突然被一个横着的木头绊倒了,一个美丽的少女急忙跑过去扶青年起来,关切地问:"伤着了吗?"并且慢慢地搀着他坐到早已准备好的石凳子上,时间是三分钟。

演盲人的青年演员到场后,导演让他和芳芳见了面。青年戴着一副墨镜,手里已经拿好了探路用的盲杖,让芳芳感到意外的是青年演员没有一点演员的架子,很可亲。当试戏开始时,青年演员演得十分逼真,就连从没有演过戏的芳芳也被感染了,就在他跌倒的一瞬间,芳芳迅速跑过去,将青年扶了起来,很关切地问:"伤着了吗?"那语气、那动作就像跌倒的不是青年演员,而是自己的亲人,就连芳芳也突然感到有些不好意思。问题就出在这里,就在芳芳去扶青年的那一瞬间,青年紧张了,很不自然地躲了一下身子,导演刚好看到了这个细节,过去又交代了青年和芳芳几句,让他们再练习几遍,自己又去准备下一场戏。

跌倒,扶起。扶起,跌倒。他们反复做着一个动作,芳芳心想青年演员真的很卖力啊,何不趁着练习的机会向他说出自己的心声,也好求他能和导演说说带她进入剧组,想到这,芳芳说:"你演得真好!"青年说:"你也一样。"青年说着低下了头,脸微微地泛红,细心的芳芳看到后心想:他会不会被自己的美貌所打动?否则怎么会低头脸红呢?他会不会看上自己?这也太突然、太意外了吧?芳芳胡思乱想着。

在歇息的空余,芳芳借题发挥说:"我从来没有嫌弃过身体有残疾的人,我很同情他们,他们虽说身体上有某种缺陷,但心灵是健全的,是美丽的,有些人尽管身体没有缺陷,但心灵是有缺陷的……"当时芳芳只是在无话找话,逢场作戏,但青年却静静地听得很仔细,很认真。青年演员戴着墨镜,芳芳从他的表情上可以看出他听了她的话后很感动,这也正是芳芳想要得到的效果,后来他们谈得很投机。

戏正式开拍了,很成功,他们配合得非常默契,一遍通过。剧组在黄河滩村的戏也全部结束了,要回城里了,剧务人员正忙着往车上搬道具。要分手了,芳芳想抓住最后的关键时刻,芳芳对青年说:"能留下你的手机号吗?你演得真好,我一定会去找你!"青年听了后羞涩地低下了头,好一会儿才小声说道:"我没有手机。"芳芳听后心想,也许作为演员不会把自己的手机号随随便便给一个陌生人,虽说他们刚刚拍过戏,但相互之间连称呼都不知道,和陌生人也没有多大的区别,想到这,芳芳说:"告诉我好吗?我是真诚的,很想知道你的联系方式,我不会告诉任何人,你的秘密就是我的秘密。"不知为什么芳芳在说这句话的时候自己也羞红了脸。青年的头更低了,小声地说道:"我没有骗你,我真的没有手机,我平时靠给别人按摩挣钱,买不起手机。"芳芳听后吃惊地望着他:"你……"

青年说:"我小时候得了一场大病,成了盲人,我也是被导演临时选来的配角,虽说我看不见你,但我能感觉出来你是一个好女孩。为了你,我明天就去买手机。"芳芳听后彻底失望了,她看了一眼青年说："我们的戏结束了。"说完后她拼命去追赶剧组的车,然而此时剧组的车已经远去……

盲人青年默默地待在原地,面朝着芳芳远去的方向,心里突然感觉空落落的,他想:"我发誓,明天就去买部手机。"

芳芳跑着追着渐渐消失在自己视野中的剧组车队,心里突然也感觉空落落的,她想:"我发誓,明天就进城!"

"寄不够"的信

"寄不够"住在刘家胡同的东头,倘若按辈分来划分,我还应该规规矩矩地喊他为"爷"。

"寄不够"真名叫方福生,街坊四邻之所以喊他为"寄不够",是因为他总往邮局跑,寄信。

每个周五的黄昏,"寄不够"就会踏着一地金色的夕阳,弯着腰,背着手,拿着两封信,一路哼着小曲儿,穿弄堂过胡同,去邮局寄信。街坊四邻见了他就问:"'寄不够',又去寄信啊!"他收住小曲儿,咧开掉了两颗门牙的嘴笑笑说:"是哩,是哩。"

"寄不够"从二十来岁就开始寄信,一寄就是四十多年。他到底将一封封信件寄给谁?无人晓得。街坊有闲者会在背后议论说,这"寄不够"外面也没啥亲戚朋友啊,他家在刘家胡同算是"老地主"了,他这是寄信给谁呢?总之,是个谜。

据说,"寄不够"他爷爷的爷爷那一辈就在刘家胡同里扎下了根,过去他的父亲开着一个油坊,四邻喜欢吃他家的油,小日本打进来的时候,那帮小杂种放了一把火把他家油坊烧了,他的父亲因为反抗,腿上挨了一刺刀,还算不赖,好歹保住了命。

新中国成立后,"寄不够"的父亲瘸着一条腿,油坊也在大家欢呼胜利的歌声中重新开张,不过生意不好不赖,勉强能顾住一家人的嘴。

后来,城市改造轰轰烈烈地开始了,他的油坊再次遭殃,老公家先在墙上写下一个大大的"拆"字。随后,推土机伸着长长的手臂,一声怒吼,一巴掌就把油坊扇倒了,变成了一座商贸城。老公家很仁义,为了照顾"寄不够"年迈的父亲,就让他在商城里当了卫生监督员。

"寄不够"高中毕业后,已经成了一个敦敦实实的小后生。想不到的是他握起剪刀,学起了裁缝。他的父亲为此气得不轻,坚决反对。那段时间,父子俩没少干仗,经常能从家里吵到胡同,一个提着扫帚追,一个慌慌张张地沿着胡同跑。儿大不由爹,争吵了一段时间后,父亲看没有任何效果也只好作罢。"寄不够"裁缝学成后,在商城里租了柜台,开起了裁缝店,后来又娶了媳妇,买了商品房,小日子过得蛮不赖。

街坊四邻有人说,"寄不够"是从他父亲反对他学裁缝开始跑邮局寄信的,确切与否,谁也无法考证,总之他寄了四十多年,每周都寄,风雨无阻,一直是胡同里的谜。

"他外面到底有啥亲戚呢?"大家时不时就会这般议论。"寄不够"他父亲活着的时候,有老人当面问:"你家孩子一直寄信,外面是有啥亲戚吗?"他的父亲听了,似乎也发蒙,头摇得像拨浪鼓。

"寄不够"其实不光寄信,他也经常拿着信回家,这说明,信件是有来有往的,他和对方互动很勤。固定电话普及了,接着手机也普及了，黑白屏成了智能机，各种各样的交流平台，随便下载来使用，不光能语音，还能视频，相隔千里万里同样能面对面聊天扯闲篇。奇怪的是，"寄不够"照样跑邮局，照样寄信，这真是个怪人。

"'寄不够'，你口袋里不是装着手机吗，为啥还一直寄信呢？"有街坊不解地问。

"手机说话和写信，各有各的味儿。""寄不够"笑笑回话。

问者听了忍不住"咯咯咯"笑得前仰后翻，说："这还尝味儿啊，手机说话是啥味儿，写信又是啥味儿呢，不会是一个花椒味儿，一个是茴香味儿吧。"

也有街坊背后说"寄不够"有点傻气，现在寄一封信少说也得两三块钱吧，还得写，多麻烦啊，哪有掏出手机打个电话来得痛快。关键是他寄了一辈子信，这牵肠挂肚的亲戚或朋友总应该来看看他吧，但从来没有见他家来过啥外地亲戚，信还是依旧寄。

有人说："说不定，'寄不够'暗恋着一个女子，一辈子都放不下。"

也有人说："或许是一面之缘的朋友，他把人家当知己，书信不断，人家是会回信，心里肯定都烦死他了。"

去年，"寄不够"生了一场大病没有挺过来，走了。街坊四邻帮着他的儿女们为他张罗后事的时候，偶然发现在他的卧室里，放着一个大柜子，打开后，柜子里放得满满的全是信件。

有仔细者清点后，整整 2236 封信。信封上都工工整整地写着"方福生"收。在他的床头，一个小书案上，还放着一封他临终前没有写完的信，信的题头称谓是"亲爱的自己"。

原来"寄不够"从 23 岁开始，每周一封，风雨无阻，寄了 43 年的信，其实不是寄给他人，而是寄给自己。

"亲爱的自己,你好吗?"

"亲爱的自己,你一定要战胜这次的困难。"

"亲爱的自己……"

这个时候,大家才恍然大悟,回想起"寄不够"的一生,总是很自信,很乐观,像阳光般,总是积极向上,原来他的一生都在自己给"亲爱的自己"写信。

2236 封信,如一串珍珠,记录下了一个普通人的一生,这也成为他一生最特别的"史记"。

"讲不完"的梦

要问整个刘家胡同,数谁的嗓门高?相信孩童都会告诉你:"是胡同西头的'讲不完'爷爷。"

"讲不完"真名叫刘金生,原来在物资局上班,退休后,就搬到刘家胡同和儿子住在一起。午后,整条胡同的儿女们上班后,就剩下一帮老人,他们会集中在胡同中一面向阳的高墙下,一字排开坐下,晒太阳。听吧,此时"讲不完"就擦亮了嗓门,因为他总在讲昨晚自己的梦,讲也讲不完,大家就送了他一个外号"讲不完"。

"你们肯定想象不到,那山峰的陡峭啊,怎么说呢,就像,像,像被斩妖的张天师劈了一刀。此时,我就在山下,抬头一看,俺的老天啊,你们猜我看到了什么?"

众老人就急切地问:"看到了啥?"

"讲不完"清清嗓门道:"我看到山顶是云雾弥漫啊,就如仙境一般。当时我就想,如果我能上到山的顶端就美了,我这样一想,你们猜怎么着?"

"怎么着?"老人们又问。

"我只是一想,谁知就真长了翅膀,轻飘飘地就飞上了山顶。我站定后,简直被眼前的美景惊呆了,百花斗艳,蝶舞翩翩,那艳丽的花我长这样大从来就没有见过,红的红得那个美,绿的绿得那个爽……"

"你真的长出翅膀飞了?"这时,一位老人很是好奇地望着讲不完问。

"是啊,那个美啊,怎么说呢,感觉整个身子就如一片羽毛。"

"那是多美的感觉啊!"一个下肢瘫痪、坐在轮椅上的老人道。

"你咋就那样行,做梦也做得这样美。"一位双手托着拐杖的老人说。

在刘家胡同里的老人们中,大家最羡慕的就是"讲不完",这老头子一辈子顺顺当当,退休后,虽说老伴走了,他和儿子一起生活,也不遭罪。最关键的是这老头不失眠,能睡着不说,还美梦不断,这该是多幸福的一件事啊。人啊,年轻的时候,总是抱怨睡不够,上了年纪后,觉越来越少,整夜整夜躺在床上等天明。四肢不灵便,翻个身如登一座山,觉少了,梦也没了,一天天就如馋嘴的孩子数着手里的糖果一样,数着剩下的岁月过。

傍晚时分,当下班归来的儿女们扶着自己的父母,各回各家时,"讲不完"总会来一句:"走喽,回家吃饭,睡觉喽!"此时,所有在场的老人们都会望着"讲不完"老汉远去的背影,眼里满是羡慕。对于这些老人来说,什么财富、名利全是浮云,只要身体没病,痛痛快快地吃顿饭,美美地睡个好觉,再能做个美梦,那就是人间最美的事情。

每天下午,只要阳光充足,天气晴好,老人们都会出来坐在墙下晒太阳,他们最大的乐趣就是听"讲不完"讲昨夜的梦。

"讲不完"老汉的梦,会穿越,摇身就进了盛唐,而且自己还是朝中重臣。"那皇宫啊,金碧辉煌,光芒万丈,晃得眼都睁不开啊。""讲不完"老汉说着,大手一挥,在场的老人们就会随着他的手,眯上眼睛,仿佛此时都穿越到盛唐,都在光芒万丈的皇宫。

四喜老汉开始是羡慕,后来就成了嫉妒、成了恨,他总说:"你咋就不死呢,死了就不再显摆了。"对于他来说,总感觉这老头是故意在显摆,就如一个富翁当街"晒"自己的珍宝一样,边"晒"边喊,快来看啊,这是世间罕见的翡翠,这是举世无双的夜明珠云云,想想看,来来往往的穷人们看了后会是啥心情。同样的理儿,这老汉的显摆在四喜老汉看来很是可恶。

"可恶!"四喜老汉小声嘟哝。

不过,更多的老人们,还是愿意听"讲不完"讲梦,就如吃不上美食,听听美食也是一种幸福,观不到美景,想想美景也是一种快乐。关键是听了他说梦,仿佛对活着有了某种希望,傍晚回家的时候,回想着他讲的梦,总盼望着晚上能一觉睡到天明,且做个美妙的梦。

"讲不完"老汉是在中秋节过后第二天消失的,对于晒太阳的老人们来说,他的消失就如饭中缺了盐,太阳仿佛不够暖和,日子仿佛没有了滋味儿。

一周后,胡同西头传出了"讲不完"老汉儿子的哭声。这个时候,大家才明白,这老汉走了。

"能吃能睡,咋就说走就走了呢?"许多老人无法接受,都赶了过去。他们责问"讲不完"老汉的儿子："你的父亲,能吃能睡,乐观阳光,怎么会走得这样突然呢?"

"讲不完"老汉的儿子流着泪说,他的父亲三年前就患了病,每顿饭吃得很少,关键是三年多了,整夜整夜的失眠折磨着他,他们四处寻医问药,办法想尽了也唤不回父亲的睡眠。医生判断老人最多可以活一年,可老人比医生预计的多活了两年多。

读不懂的心

刘家胡同东头住着王聚财,这老汉的四万块钱丢得很是蹊跷。

那天,他从银行拿出钱后,用袋子装好,紧紧地抱在怀里上了9路公交车,回家。当时9路车上的人并不多,他选了一个靠窗的独立位置坐定后,摸了摸怀里的钱,鼓鼓囊囊的。为防万一,他又用两个胳膊交叉抱在胸前,也好随时能感觉到钱的厚度和温度。

就在离刘家胡同还有三站路的时候,一双温柔而细滑的手突然从身后捂住了他的双眼。接着一股迷人的香气伴随着一个极其温柔甜美的声音,在他的耳边低声响起:"哎哟,这不是李总吗? 你怎么这么长时间也不给我打个电话呢? 你知道人家多想你嘛!"

女性的体香伴着湿漉漉的气流,不容分说就将王聚财包围。更要命的是,接着有湿滑的舌尖容不得商量,很任性般就贴上了他的耳垂，麻酥酥的，奇痒无比。

"你认错人了，我不是李总，你认错了……"他说着，下意识地伸出胳膊去推那女孩，但女孩的舌尖在他的耳垂上游走，他就像喝了一斤高度酒，醉得很沉。直到女孩离开，到站下车后，他还没有醒，如在梦中。

等王聚财彻底清醒后，他急慌慌地在胸前摸索，但钱已经不翼而飞。当天，年近五旬的他，哭得呼天抢地，报案后，公安做了笔录。那时的公交车上还没有监控视频，案件就此像搁浅在河岸上的鱼，没了动静。

王聚财的儿子王小强死活都不相信父亲说的话，他总感觉是父亲不想让他花这钱，故意演了一出戏。王小强说："那是四万块钱啊，又不是四块钱，公安咋就始终找不到那个贼，破不了案呢，这只能说明钱根本就没有丢。"

在儿子的怀疑和老伴的抱怨下，王聚财此后就变了，变得不太正常。他一个月不说一句话，整天像个树桩子似的偏着头望天。

王小强原来在传呼台当领导，他的妻子是话务员。那时传呼机曾经风靡全国，首都机场都竖着高高的广告牌，上书"一呼天下应"，谁能想到这人人离不开的东西，说淘汰就淘汰了呢。仿佛一夜之间，夫妻俩双双失业。

王小强的母亲在一所中学当老师，虽说有工资，但也养不起儿子、儿媳、孙子和傻了的丈夫四口人啊。后来，王小强的母亲就鼓动儿子和儿媳去市场租个摊位，卖蔬菜。母亲说："你看看人家德法的媳妇高秀丽，在胡同口摆摊卖水果，日子不照样过得有模有样嘛。"

王小强和媳妇听了母亲的话，租摊位卖起了蔬菜。他们没有想到的是人们买菜有个习惯，总是买熟不买生，大家对他这个陌生的摊位很少问津。刚开始，每天总会剩余很多的菜，这些娇滴滴的新鲜蔬菜，隔夜后不是蔫了，就是变质，总之第二天就不能再卖。

王小强和媳妇的信心也减了大半。他的母亲知道后，就将那些剩余的蔬菜全拿走了说："我去试试，看看能不能推销给一些单位的食堂。"

第二天，母亲就高高兴兴地交给儿子100块钱说："这是食堂给的菜钱，从今往后，卖不掉的剩菜，食堂的师傅说全包了。"夫妻俩听了也很是开心。

卖菜本身就是小本生意，勉强顾家，日子过得很是拮据。王小强的儿子看到别的小同伴吃冰激凌也想吃，王小强的妻子一问价格需要十多块钱，就给了哭泣的儿子一个巴掌说："去，去，去找你奶奶去，让你奶奶给你买。"

孙子一路哭着就去找了奶奶，结果也是失望。有几次，王小强实在周转不开，就去找母亲借钱，母亲一脸的为难，怎么也拿不出钱。

"你母亲咋就那样抠门呢？挣的那些退休工资攒着不让用是想生小的吗？我现在真怀疑你到底是不是你爸妈亲生的。"王小强的妻子不住地抱怨。

王小强的嘴上不说啥，心里也觉得母亲太不近人情，当儿子的张口向妈借钱，说实话也是出于无奈。

就这样儿子和母亲的怨气越结越深，不过，儿子每天卖菜，母亲依旧会在傍晚去收拾剩余品。后来，王小强的父亲去世了。不久后，他的母亲也病倒了，儿子忍着怨气伺候病中的老母亲时，一次，他听邻居吴田生大爷说："你们能有这样的母亲，真是几世修来的福气啊。"

王小强不解。他询问吴大爷后才知道，他们两口子卖菜十多年来，母亲每天傍晚收走的剩余品，其实根本没有哪个食堂愿意收购，这些剩菜全成了老父母的一日三餐。其实，母亲每天交给他们的钱，正是她的退休工资，十多年来，两位老人省吃俭用，钱全支援了儿子。

"妈，你为啥就不早点告诉儿子啊！"王小强跪在床前流着泪说。病床上的老母亲含着泪伸出一只骨瘦如柴的手抚摸着儿子的头，她想说啥，但嘴动了动，话没有出口。

"妈，儿子就是砸锅卖铁也要给您看病，一定要让您康复起来，安享晚年。"真正读懂了母亲心的儿子跪着说。可年迈的老母亲没有给他这个机会，一周后，就安详地闭上了眼睛，留给王小强的是撕心裂肺的痛。

"唢呐王"豁子张

春节回乡，我又遇见了豁子张。

"嘘——"还是小声一点为好，这样直呼他的外号，若是让他听见可怎么得了。不过农民自有农民的语言艺术，在俺们村里，乡亲们没有一个人喊他张法则，都喊他"豁子张"，把外号放在前，真正的姓却留在后，豁子张、豁子张，就这样喊他，他也乐意接受，如村边偶遇，他会老远向你伸着手跑来说："我是豁子张，你还记得我不？"

豁子张,也许大家一听这外号就知道他是个"豁子",对,猜对了。其实说清楚点也就是所谓的"兔唇"。要放到现在这绝对不是什么大毛病,做个小修补手术就完事。可是在早些年的农村,有个"兔唇"就意味着是一辈子的毛病。

豁子张就因为有这样一个毛病,小时候说话总是漏风,常惹得别人笑话。后来豁子张一赌气就来了一个绝的:学吹唢呐。天啊,这家伙肯定是疯了,要知道这吹唢呐可是个嘴上活儿,说话都漏风如何能吹得了唢呐呢,刚开始村里人都嘲笑他,他不管不顾依然我行我素地坚持着吹,一吹就是半辈子。

后来,大家不得不承认,豁子张选择吹唢呐还真是选对了行,这豁有豁的妙处,就比如他吹唢呐时刚好用豁开的那个地方夹住唢呐,紧紧的,一点气儿不漏,腮帮子一鼓一鼓的,头摇来摇去,吹得那个欢啊,刚学的时候就把村里的老唢呐王刘三都给镇住了,后来他就成为俺们村一道绝美的风景。在村里凡是谁家办红白喜事都请他去吹唢呐,看热闹的人也专冲着他去。往往他的唢呐一响,总是围着里三层外三层的人,人越多他的劲儿就越欢,腮帮子一鼓一鼓的,一会儿面向天,一会儿面朝地,一曲《百鸟朝凤》能吹出十里开外。

小时候豁子张最忌讳的就是有人喊他豁子,自从吹上唢呐后,媳妇也"吹"来了,孩子也有了。别人问他:"你咋就这样能呢?"他嘿嘿笑笑用手摸摸自己的豁嘴说:"俺沾的就是它的光!"后来别人就喊他"豁子张",他也乐呵呵地接受了这个外号。有人开玩笑说:"豁子张,现在生活条件好了,医术也发达了,快去补补那个豁嘴吧,说话总漏气不说,天气预报说过几天有寒流,弄不好会冻坏门牙的!"豁子张乐呵呵地说:"都四十年了,我咋就没有见过冻坏一次呢,真冻坏了咱就镶个金牙。"别人笑说:"你就能吧！镶了金牙,明晃晃地露着,小心贼提着石头专砸你的门牙。"豁子张就嚷嚷:"他敢!"

再次遇到豁子张,我才晓得,他去年正式挂牌成立了一个"残疾人乐队",轰轰烈烈地吹吹打打走出了村,一路吹着进了省城,纯正的民间音乐"醉"倒了许多城里人。我见到豁子张的那天,他正组织自己一帮残疾弟兄和城里的一帮全是拿着先进玩意儿的乐队比赛。一曲吹下来,豁子张满脸流着汗水。我说:"咋样,赢了?"豁子张咕咚咕咚地喝下一瓶矿泉水,说:"啥先进玩意儿,组织几个妖精似的丫头扭屁股,闹心! 俺还是觉得这民间音乐好!"我猜想他肯定是比了个平手或者说没有赢,就转了话题问:"你干啥想到要组织一个残疾人乐队呢?"豁子张说:"实际俺也是半个残疾人,你看——"他说着就指着自己的嘴给我看,接着说:"虽说现在这不算毛病,但在过去确实很低人一等,所以俺很了解残疾人的难处,俺就想让他们都能堂堂正正地站着做人。"

后来据说豁子张真的换了两颗明晃晃的大门牙,原因不是冬天的寒流大冻坏了门牙,而是门牙自然坏了,具体是怎样坏的我也不知道。有一次我去村里找他的时候,没有见到他本人,村里的人见到我就问:"是找豁子张吧?"

"是!"我说。

村里人说:"现在他已经不是过去的豁子张了,是咱们村真正的唢呐王,上级还表扬他是繁荣乡村文化的标兵,比村主任忙多了,这几天听说带着自己的乐队去北京参加一个什么晚会。"

"豁子张靠他的豁子发了!"村里人都这样说。

老杠头"哭树"

周末归乡,刚一进村,我就看见老杠头坐在地上哭。这个可爱的老头越来越像个老顽童,哭得呜呜的,长长的鼻涕掉在地上了。

我在他身边轻轻地蹲下,没有打算去惊动他。他坐在地上,银发低垂看不清脸。

这个老杠头,一辈子爱抬杠,认死理,在村子里,乡亲们都喊他"老杠头",越喊越响亮,具体真名是啥,就没有几个人理会了。不过,用乡亲们的话说,老杠头的抬杠不是无理争三分的胡闹,而是坚持真理。何为真理? 如果这样问老杠头,他没准会想半天后告诉你,真理就是有利于一个村庄里的人的理儿。所以老杠头的抬杠常常不被人厌,反让乡亲们爱。

"哭啥呢?"我问他。

老杠头不理,依旧在哭。

"哭啥呢!"我由原来的问改成了喊。

"他们凭啥要砍树! 凭啥啊?"这次老杠头听清了,哭得呜呜的。

"是啊! 凭啥,他们凭啥呢?"我也故意用很生气的口吻喊。

老杠头抬起头,瞪着一双泪眼问我:"你干啥也这样说?"

七十多岁的老杠头真的老了,就在他抬头面向我的瞬间,我看清了那是一张布满沧桑的脸,岁月已经在他的脸上雕琢得满是沟壑,像一株历经岁月洗涤的柿子树。

"那你干啥这样说呀?"我喊道。

"要修路是好事,他们要砍老槐树,都长几百年了,你看就那棵,就那棵!"老杠头哭着边说边用手指给我看,"我小的时候就这样粗,都几百年了啊!"老杠头的脸上挂着泪。

其实我知道那棵老树,枝繁叶茂,不是很高大,但很粗壮。老槐树也是整个村庄的标志,更是一个乐场,夏天的夜晚,成人习惯坐在大树下说笑,孩子喜欢在大树下嬉闹。老槐树下洒落着一个村庄里几代人的欢乐,难道真因为修路要砍掉这棵老树吗?听老杠头这样说,我的心里也顿时升腾出丝丝缕缕的疼。

"这是你家的树吗?"

"不是!"

"不是你家的树你凭啥去管,别人都不管,你为啥要管?快起来吧,地上好凉的!"

"你这没良心的,才进城几天就忘了本,你这没良心哟——"

老杠头又开始哭,边哭边骂我没良心。

其实我是故意这样问他的。在村子里,大家都说,这棵树是老杠头的祖上栽下的,这棵树是老杠头家的树。我这样问是想证明这树确实与他无关,也想明白,他的哭泣,不仅是为了自家的树,落下的泪水是给全村人共有的树。

老杠头爱树,更痴迷栽树,从年轻的时候就开始栽树,只要农闲就栽树,这习惯一直坚持到老。村庄西边的一面坡栽满了,他也老了,上了年纪的他就开始"护树"。儿女各自成家立业后,老伴也去世了,孤身一人的老杠头为了方便看护那些树,就在山上修了一间小房子,一年四季和树在一起,护着一坡的树成长。

我没有亲眼看到过,据村里人说老杠头有个很厉害的绝活儿，就是如有人去偷砍树，他一声长长的口哨，能唤来一群狼，吓得偷树者满山逃窜。更有村里人说，山里的狼对老杠头而言就像他养的狗一样忠诚。真假不得而知。前年的时候，老杠头在山上跌了一跤，跑不动了，村里的干部就劝他下山，老杠头不从。最后，村干部不得不召开会议形成规定，此后派出村民轮流护林，老杠头这才答应。

要说村庄美，美在望得见青山，美在看得见绿水，更美在因为有了像老杠头这样可爱的村庄人。对他们来说，人活着，金钱和利益不是首位，只要有利于整个村庄、有利于后代子孙的事，他们都会去做。夏季的清晨，倘若有人发现昨夜风雨，山上有落石落在村里路中央，不用谁去吩咐，第一个发现石头的人自己就吭哧吭哧地把石头搬走，为的就是不让第二个人途经时绊到脚，这一切都是自然而然的，仿佛理所应当。他们或许说不出类似"前人栽树，后人乘凉"这样的句子，但他们懂，这懂就体现在具体的行动中。

村里要发展，需要修大路，规划的时候路与村中的老树发生了冲突，是保树还是修路，村里的百姓众说不一。老杠头听说后就去找村干部，他拿出当年抬杠的架势，态度很坚定：护树。其实，村干部心里的想法和老杠头一样，即使大费周折、另行规划也要护住这棵百年古树。不过，他面对老杠头还是开了个玩笑说："修路是为了一村人富，为了全村人都能奔富，所以大家都同意砍树。"老杠头一听就不干了，说："你个小兔崽子，小的时候你被蛇咬，不是我给你治你能活成吗？你这个没有良心的小兔崽子……"

老杠头骂，村干部嘿嘿笑。老杠头骂够了走出村干部家，像个孩子似的一屁股坐在地上哭起来，谁也劝不住。

有村民从哭泣的老杠头身边经过，就开玩笑地说："老杠头，你亮出自己的口哨绝招吹几声，让狼去咬砍树的人，看他还敢不敢砍树！"

"就是，吹一吹吧，说不定砍树人听到你的口哨声，就吓得不敢出门了呢！"另一个村民说。在村庄里，大家都喜欢和老杠头开玩笑。

老杠头呜呜地哭着说："已经吹不来狼了，这些没有良心的狼崽子呀，过去一吹就到，现在都跑哪去了呢，这些没有心肝的……"

老杠头哭着说着，就从哭树改成了哭狼。坐在地上哭泣的老杠头老了，为了保住一棵老树，抬不动"杠"的他选择了哭泣。

那天，我站在原地许久，望着坐在地上哭泣的老杠头。我总感觉，老杠头的哭泣是为了一棵老树，老杠头的哭泣也不仅仅是为了一棵老树。

杀人者哑弟

屋外传出零零碎碎的狗叫声时，姐姐梅花开始催弟弟："快去西屋睡觉吧，时候不早了。"

梅花催弟弟的方式很特殊，一边说一边用手去比画。

弟弟看了姐姐一眼，点了点头，没有发出一点声音，依旧在看电视。

此时电视里正在演赵本山和宋丹丹的一个小品《昨天、今天和明天》。弟弟的眼死死地盯着电视，他不知道赵本山在说些什么,也不知道宋丹丹在说些什么,这些在他的世界里是无声的,就像他发不出声音一样。他盯着电视,感觉屏幕上的这对没牙的老两口那么快乐,他也跟着乐。

"快去西屋睡觉吧,时候不早了。"梅花又说。

弟弟见姐姐又催,就不好意思再看下去了,起身一步一回头回了西屋。

乡村的夜晚是寂静的,正如弟弟的世界。

弟弟屋里的灯熄灭了,梅花屋里的灯还亮着。

梅花的丈夫东升外出打工一走就是半年,家里就留下梅花,她带着自己的聋哑弟弟操持着一个家。

弟弟已经37岁了,就因为有聋哑缺陷,至今没有找到对象,跟着姐姐梅花和姐夫东升过。东升外出打工后,弟弟就成了家里唯一的壮汉。

村里又传出此起彼伏的狗叫声,梅花的屋外有个黑影儿一闪,不见了,梅花屋内的灯瞬间就熄灭了。

寂静的夜晚重新回归寂静,黑暗中弟弟却没有睡,他在姐姐梅花的窗户外立着。

秋收的时候,东升回来了,他在家的几天里夫妻俩好得没法说。

聋哑弟弟却整天显得闷闷不乐。他几次想对姐夫说什么,却不说。

东升疑惑,去问梅花:"你弟弟是不是病了?"

梅花说:"没有啊,平日里能吃能睡的,怎么会病了呢?"

东升说:"俺总感觉他肚子里憋着个啥?"

梅花问:"啥?"

东升说:"不晓得,就是感觉。"

梅花说:"他平日里就这样,听不到又不会说,心思重。"

还真让东升猜对了。就在他准备走的前一天,弟弟还是对姐夫说了肚子里憋的那个啥。

弟弟比画着,嘴一张一合。他告诉姐夫,姐姐屋里每到晚上总来个男人。

姐夫东升的眼睛瞪得很大,他很不相信:"你瞎说个啥,她可是你亲姐姐啊!"

弟弟急了,嘴张合着很是痛苦,脸憋得黑紫紫的,眼泪都流了出来。

东升疑惑了,犯嘀咕了。但他没有立即就去问梅花,而是告诉她自己要进城了,背着行囊就出门了。

晚上,弟弟的灯如常熄灭了,梅花屋里的灯还亮着。

村里又传出此起彼伏的狗叫声,梅花的屋外一个黑影儿一闪又不见了,梅花屋内的灯瞬间就熄灭了。

"他走了? 俺想死你了!"一个男人的声音从梅花的屋内传出。

"他早上刚走,你急个啥,这半年就是你的了。"说这话的是梅花。

屋外,又一个黑影儿一闪,梅花的屋门轻轻地被推开了,黑暗中那个人手里握着一把锄头。

"扑哧"一声沉闷的声响,惊起一片狗叫声。

紧接着屋里传出梅花撕心裂肺的尖叫声:"杀,杀人了——"

声音穿透黑暗,划破长空。黑暗中又出现一个人,一闪就进了梅花的屋。

第二天,公安来到现场,梅花的屋里,凌乱的床上赤条条地躺着村里的光棍福生。他已经气绝,身下一摊鲜血湿透了被褥。

很快，东升被抓，就在公安给他戴上手铐的瞬间，聋哑弟弟从西屋里冲了出来，手里紧紧地握着一把带血的锄头。

他比画着，嘴张合着对着公安，喉咙里发出阵阵响动。公安不知道他想说什么，就把懂哑语的人找来。

懂哑语的人翻译说，人是他杀死的，和姐夫一点关系没有。

公安说，杀人是要偿命的，这不是儿戏，你可要想好了。

弟弟说，确实是我杀的，证据都在。接着他放下了手里带血的锄头，而且还详细描述了细节。公安再次对现场进行勘察，大量的证据面前，确实证明弟弟作案嫌疑最大，因为现场弟弟留下的疑点实在太多了，手印，头发，还有一个带血的大脚印。

东升吃惊地望着他："你这是为啥啊！"

弟弟面对着东升扑通跪倒在地，"咚咚咚"连磕了三个响头后开始比画。

翻译说，他让你好好照顾他姐姐，一定要原谅他姐姐，你们两个人一定要好好过，只有两人一心才是一个完整的家。

接着弟弟又跑到姐姐面前，跪倒在地，"咚咚咚"又是连磕三个响头，他说："姐，请原谅弟弟，弟弟正是因为爱你才这样做，姐夫是个好人。你不能没有他，没有他，你就没有了一个完整的家，你应该好好对他。"

"弟弟，杀人的不是你啊！弟弟——"梅花撕心裂肺地喊。

弟弟被公安带走了，一步一回头。

晚上，当地电视台播发一则简讯：公安局一小时告破杀人案，凶手是个哑巴。

米惑惑借钱

米惑惑小时候,不哭也不闹,只要吃饱了,就是睡,一整天眼皮儿也懒得睁一下。他的父亲老米说:"这娃真是个迷惑,怕是成不了人。"

后来,村里人就喊他叫"迷惑"。实际他不"迷"也不"惑",就像施足了底肥的庄稼,一天一个样,成了一个大个子,从没有生过病,身体结实得像块石头。二十五岁娶了媳妇也没有一个正儿八经的名字,只是将原来的"迷惑"改成了"米惑惑"。

米惑惑种着几亩薄地,家境一般。他有个很特殊的嗜好,闲着没事就借钱。别人借钱为急用,他不是,有事无事都借钱。

冬天,秋粮入仓后,米惑惑就开始借钱,不管关系近还是远,只要他能认识的人都要去张口借一借。话不多,进门先掏烟,主人接过烟,还没有让他坐,他就毫不客气地坐在了椅子上,然后就说:"老哥啊,那个啥,俺最近手头有点儿紧,能不能借点钱应应急?"主人说:"你不修房不盖屋的,平白无故借钱干甚?"米惑惑抽口烟,慢条斯文地吐出两个字:"急用。"

主人会说:"唉,最近实在不宽裕,娃儿要上学,老婆病了得吃药……"

米惑惑说:"那个啥,有多少算多少,一千不嫌多,五十块也不嫌少啊。"

话说到这个份儿上,主人也不好驳他的面子,就拿出五十块钱说："要不，你先拿去应应急吧。"

米惑惑接过钱，慢条斯文地站起来，也不道谢，懒洋洋地出了门。

借完了本村人的钱就借邻村人的钱。到了邻村他直接去找村里的王会计，具体王会计叫啥他不知道，只知道别人都喊他王会计。在前几天的一次婚礼上，米惑惑认识了王会计。说认识，其实只是相互笑了笑，米惑惑给王会计发了一支烟，他接了，就是这样的关系。

米惑惑一路打听找到了王会计家。进门后，王会计不在，他媳妇正忙着洗衣服。王会计的媳妇看到米惑惑后问："你找谁？"米惑惑说："俺找王会计。"王会计的媳妇说："他不在。"米惑惑不吭声，慢条斯文地坐在院子里的凳子上，点上一支烟才挤出一句话："那个啥，他不在，俺等啊。"

米惑惑有的是耐心，一等就是两个小时。

王会计回来后，看到米惑惑，感觉似曾相识又叫不上名字："你——"米惑惑说："那个啥，俺是东村的米惑惑，在德旺家的婚礼上，你还抽过俺一支烟。"

王会计"哦哦"两声，实际上还是想不起来。米惑惑再掏烟，王会计又接了，点上火后说："你别啥啥的了，有甚事就快说吧。"

米惑惑说："那个啥，那个……最近俺手头有点儿拧巴，想找你借点钱。"王会计很是吃惊，看了米惑惑半天说："你怎么找我借钱啊？再说，我也……"米惑惑没有等王会计说完，就打断他的话说："俺知道，那个啥，现在挣钱都不容易，确实是有急事才向你开口的，一百块没有，十块也行。"

王会计听了后干张嘴说不出话来，十块钱如今实在不算钱，一个大男人张嘴，就因为十块钱驳面子也觉得不合适，于是就掏出十块钱给了米惑惑。

米惑惑走后，媳妇问王会计："你认识他。"王会计的头摇得像拨浪鼓。媳妇不高兴了，说："你傻啊，不认识你就敢借钱给他。"王会计说："不就是十块钱嘛，人家张了嘴，我好意思不借吗？""十块钱也是钱啊，都够买两袋洗衣粉了……"因为这十块钱，王会计和媳妇干了一仗。

米惑惑回到家后，将借来的钱一一清点后放在土炕下，他不用，只是每晚清点一遍。

一个月后，闲着无事的米惑惑又开始走村串户，这次不是借钱而是还钱，挨门逐户地归还。他先到了王会计家。老远明明看到王会计进了家，当他进门后，王会计的媳妇怒气冲冲地说："他不在。"米惑惑不急，慢条斯文地说："那个啥，俺是来还钱的，不是借。"接着他掏出十块钱，放到了王会计媳妇手里，还完钱他一句话不说就走了。

整整一个冬天，米惑惑都在忙活着借钱或还钱，他这个嗜好一进行就是多年。有人说，米惑惑很有钱。米惑惑嘿嘿地笑笑，慢条斯文地告诉人家，自己是个穷光蛋。有人说，只要米惑惑借钱，十万都敢给他，最关键的是他讲信誉，说十天还从不超过十一天。

现在，米惑惑一到冬天无事依旧在借钱或还钱。别的村民之间相互增进感情靠走动或闲聊，米惑惑靠借钱，到了日期就还。说不清原因，他在四邻八乡中间名望还很高，不管是本村的人还是邻村的人见了他，老远就喊："惑惑，来抽支烟。"人缘儿极好。

刘婶婶蒸馍

刘婶婶蒸的开花馍绝对是一绝，绝就绝在她蒸出馍的形式多样上，就比如春节她会蒸枣花、元宝人、元宝篮；正月十五她会做面盏，做送娃娃的面羊、面狗、面鸡、面猪；清明节她会捏面为燕，表示春回大地；谁家的女儿要出嫁做陪嫁，请她去做"老虎头开花馍"；寒食节上坟时，以示灭毒消灾，她就做"蛇盘盘开花馍"；婴儿满月，她就做"龙凤呈祥""猛虎驱邪"；老人祝寿，她就做"大寿桃"……

据说刘婶婶的母亲曾是蒸开花馍的好手，还开过一个"馍店"，当时树皮配玉米面都能蒸出花来，后来把蒸开花馍的技巧传给了女儿。当然也有许多人说，刘婶婶原本不是她母亲的亲生女儿，1968年流感大流行，刘婶婶的亲生父母就在那场瘟疫中死去，幼小的她跟着奶奶要饭度日。奶奶死后，是开"馍店"的女老板收留了她，女老板的丈夫和孩子在那场大瘟疫中也没有幸免，由此成了孤身一人，女老板收留了她后，她就成了女老板的女儿，而且还跟着女老板姓刘。

刘婶婶20岁过门嫁到黄河滩村，丈夫是个木匠，凭手艺走村串户挣点小钱。在家里待着的刘婶婶就在村口开了一个小饭店，名曰"刘婶婶馍馆"。小饭店很小，没有炒菜，专门卖开花馍，绿豆米汤免费。村口有一条大路，行车的过往司机走到"刘婶婶馍馆"门口时，不管饿还是不饿总会停下车来歇一歇，喝碗绿豆米汤解解渴,吃馍不吃馍刘婶婶是同样的热情。黄河滩村里的人都在背后议论说,刘婶婶是个不知道挣钱的怪人,自己家辛辛苦苦种的黄小米都让过往行人喝了米汤,有的人馍都不吃专门去喝她的米汤。议论声灌到刘婶婶的耳朵里,她笑笑,左耳朵进右耳朵出,依然我行我素。

夏天,中午时刻"刘婶婶馍馆"最热闹,客人一进门,刘婶婶就会喊一嗓子:"进来自己坐,该吃吃该喝喝,别生分,就当是自己家!"几大桶绿豆米汤往地上一放,瞬间就会一扫而光。刘婶婶没有雇用服务生,进门的既是客人又是服务员,用"宾至如归"来形容很恰当,米汤自己舀,想喝几碗喝几碗,馍自己拿,想吃几个吃几个,钱自己放,墙上贴有价目"大馍五角,小馍三角",没有一个人赖账。开张不到半年,名声传出很远,尤其是她的免费绿豆米汤。

午后客人陆续散去,刘婶婶就会敞开着门坐在里屋打个盹。

这天刘婶婶刚合上眼,就听到外面有响动,出来后看到一位老奶奶和一个小女孩。奶奶坐在凳子上用手摸口袋,小女孩站在奶奶的身旁,刘婶婶问:"大娘,你们是吃馍吧! 汤水随便喝,需要几个馍我从里屋给你们拿热的,刚出笼的馍热乎着呢!"

老奶奶只要了一个大馍,刘婶婶拿出馍后,给她们一人舀了一碗米汤。热气腾腾的开花馍放在一个大盘子里,就像一朵大大的牡丹花,在餐桌上开得很艳丽。奶奶将盘子推到孙女面前,小女孩吞了吞口水望着奶奶说:"奶奶,你不吃吗?""奶奶不饿,奶奶喝米汤。"老奶奶说着端起一碗米汤慢慢喝起来。一眨巴眼工夫,小女孩就把一朵"花"吃了个精光,打着响亮的饱嗝。

小女孩吃完后,奶奶又开始摸口袋。刘婶婶看到这幅景象,走到两个人面前说:"大娘,您今天就不用出钱了,我每天卖出

100个馍后,就免费给一个客人吃一个馍。今天刚好卖出100个!"

过了几天,小女孩又来了,她蹲在"刘婶婶馍馆"不走,眼睛紧盯着店里在地上摆弄小石头。小女孩每看到一个客人吃一个馍,就在地上放一个小石子,整个中午都快过去了,小石子却连50个都不到,小女孩显得很失望。忙碌的刘婶婶似乎看出了小女孩的心思,她让身边熟悉的人装作打包买了50个馍,小女孩终于数够了100个小石头,她高兴地跑去拉着奶奶的手进了店。

"奶奶,今天我请客!"小女孩兴奋地对奶奶说。真正成为第100个馍的免费客人的奶奶,让孙女招待了一个热气腾腾的大开花馍。而小女孩就像之前的奶奶一样,端着米汤慢慢喝,不时还吞吞口水。

"也送你一个馍吧。"刘婶婶看着她可怜的样子说。

"我不饿!"小女孩回答。

坐在一边吃得津津有味的奶奶问孙女:"要不要留半个给你?"

小女孩掀起破旧的小汗衫拍拍自己的小肚子,对奶奶说:"不用了,我很饱,奶奶您听还有响声呢!"刘婶婶看着热泪盈眶。

"刘婶,来两个热馍?"一声喊叫,吓得正在打盹的刘婶婶一激灵,她揉揉眼听了听外面,这次确实有响动,而且是真的。原来刚才是一场梦,梦里她又回到了从前,见到了已经逝去的奶奶和母亲……

杏花的爱情

黄河滩村的小伙子都在做着同一个梦,梦到杏花成为自己的新娘。

杏花是个美丽的姑娘,手儿巧,心儿善,村里的小伙子们都说,如果在寒冬腊月杏花的大眼睛眨巴眨巴,眼前立即就会春意盎然。

杏花 18 岁那年,到杏花家提亲的家户络绎不绝,杏花爹发话,谁要娶我家闺女,首先要拿个金戒指来见,因为当爹的总希望自己的女儿嫁个有钱的家户,将来不受苦。在当时那个吃饭都很困难的年代,整个黄河滩村能买得起金戒指的家户几乎没有,最后出人意料的是,德谷老汉家的小儿子冬生拿着一枚金光闪闪的戒指到了杏花家,杏花爹大话已经说出去了,无法反悔,只好看着冬生将戒指戴在自己女儿杏花的手上,收下戒指的杏花羞成了一朵杏花。

冬生迎娶杏花那天,村里就像集会,尤其是暗恋过杏花的那些年轻小伙子都想亲眼看看杏花穿上嫁妆的俊样。村里的年轻人说,冬生啊,你真是好福气啊,把一朵花娶回了家。冬生笑笑只顾忙着发烟,时不时地瞅杏花几眼,生怕这花一样的新娘子变成小鸟飞了。

过门后的杏花才知道,其实冬生家并不富裕,但善良的杏花勤俭持家,没有任何怨言。天有不测风云,就在他们婚后的第二年冬天，一场大火使冬生家所有的家当在顷刻间全部化为乌有，那一年冬生他爹德谷老汉刚好去世，望着一片废墟，冬生一个大男人抱头哭得呜呜的。杏花就安慰冬生说："水火无情，咱们还活着，只要努力一切还会再来的。"冬生望着美丽的杏花说："杏花，是我毁了你，其实你原本就不应该嫁给我，嫁给我让你受苦了。"杏花说："嫁给你俺愿意，要不咱把戒指卖了吧，家都没有了，手上戴个金戒指有啥用。"冬生说："别别别，其实这金戒指……这……"冬生支吾了半天，最后说，"就是沿街乞讨也不能卖这戒指。"伸手去摘戒指的杏花听了冬生的话停下了，自从冬生给她戴上戒指的那一刻起她就从来都没有舍得摘下过，她只要看到戒指就仿佛看到金子般的爱情，烈火烧不断，风雨摧不垮。

家没有了，一切从头开始，经过冬生和杏花的共同努力，整整用了四十年时间，住的房子由原来的茅草屋到土坯房，最后到红砖楼房，两个孩子由小到大都很争气，最后双双考进大学，找到了满意的工作。此时的冬生和杏花已经是银发满头，唯有杏花手上的那枚戒指还和原来一样，由于长期戴在手上，戒指发出的不再是金光，而是暗红色的光芒。有一天，冬生看着杏花手上的戒指说："孩他娘，要不我再给你买个新戒指吧，如今咱不是以前了，咱有钱了，咱确实也能买得起崭新的金光闪闪的戒指了。"杏花说："换它做啥，都一辈子了，从你给俺戴上的那一刻起到现在俺从来都没有摘下过，这不是一枚普通的戒指，是咱们的爱情。"冬生听了笑哈哈地说："孩他娘，你啥时候也学会赶时髦了，啥情呀爱呀的，都是年轻人说的话，我不懂，那个时候我娶你，只是想一辈子真心对你好，其实这……这金戒指……其实……"原本很开心的冬生说到戒指突然又支吾起来，杏花笑了笑说："看你说话的样子，孩子们看见了又要说你老小孩儿了。"

就在去年春天,当黄河滩村的杏花再次开满枝头,花香四溢笼罩着整个村庄的时候,杏花病倒了,肺癌晚期,两个孩子和媳妇都从城里赶回来轮流照看杏花,年迈的冬生拄着拐杖悄悄进了一趟城。

在杏花弥留之际,冬生紧紧地握着她的手说:"孩他娘,我告诉你一个秘密,你不会怪我吧!"杏花吃力地摇摇头。冬生说:"孩他娘,在我的心里一直有一个秘密,就是你手上戴的那枚金戒指,其实是假的。当时我为了娶你,就悄悄地找了一块铜圆,到城里请一个首饰匠打造了一枚铜戒指,当时为了不让你爹看出来,就让首饰匠做了镀金加工,就因为这枚戒指我总感觉一生都对不住你啊,是我欺骗了你!是我不好!"冬生说着滚下了热泪。杏花听了后,眼里含着泪轻轻地笑着说:"老头子,你啥也别说了,其实俺早就知道了。你还记得那次家里失火吗,俺确实去卖戒指的,但收金器的人说,这是假的,是铜不是金,后来俺没有告诉你,金啊银啊铜啊的,在俺眼里啥都不重要啊,重要的是你一辈子都对俺好,俺已经很知足了,比满手都戴上金戒指还高兴哩,金戒指能干甚!只要有感情就是草戒指都金不换啊……"杏花说着,声音越来越微弱。

在一旁的两个孩子和媳妇听了老人的对话后都泣不成声。冬生将杏花的手紧紧地握在胸前说:"孩他娘,你等等啊!你千万等等啊!"他说着从身上掏出一个很精致的"心"字形首饰盒,打开后里面是一枚金光闪闪的戒指。

"孩他娘,就让我给你换上吧,这次是真的金戒指,绝对是纯金的,是我专门到城里给你挑的!"然而此时的杏花已经安静地离去,脸上洋溢着幸福,很安详……"孩他娘,你醒醒啊,你让我给你戴上戒指好不好,孩他娘……"

冬生哭着去帮杏花摘手上的铜戒指换新的金戒指,然而怎么努力都摘不下来,四十多年过去了,那枚铜做的戒指从没有离开过杏花的手,由于指头由细变粗,戒指已经成为杏花身体的一部分。

缸 腰 嫂

"嘘——"

还是小点儿声。我这样称呼她"缸腰嫂"很不合适,缸腰嫂原名不叫"缸腰嫂",叫什么红来着,村民们告诉我了只是想不起来了。

缸腰嫂之所以被村民们送外号叫"缸腰嫂",原因是她超肥胖。邻里之间见面就会给她开玩笑:"他家嫂,你少吃点吧,腰都成缸了,跟猪似的。"

缸腰嫂听了也不恼,爽朗地笑过之后,便大声大气地就像跟人吵架似的喊:"管它呢,胖又不是病,爱长就让它长,该吃咱还是要吃的。"话里的意思仿佛肉不是长在自己身上而是长在别人身上,邻里听了就都跟着笑。

缸腰嫂没事的时候爱琢磨,她不琢磨别的,就是一门心思琢磨吃。琢磨吃不是在厨房里,而是在田地里,从源头上琢磨。就比如她对土豆就很有研究。刚开始土豆总是长不大,无论村民上多少肥,总是秧子生长得很茂盛,花开得特别鲜艳,就是地下的果实不大,缸腰嫂就不厌其烦地去琢磨。

邻里见她整天蹲在土豆地里捣鼓就喊她："缸腰嫂整天待在土豆地里和土豆较上劲儿了。"

缸腰嫂呵呵一声笑过之后，大声大气地喊："俺是为了让土豆长大点吃得痛快！"邻里就笑说："跟水缸似的还想着吃。"缸腰嫂也不恼，咧开嘴哈哈地笑。

后来缸腰嫂真的整明白了，她在土豆秧子准备开花的时候就把花骨朵给剪了。当时邻里们看到缸腰嫂剪下的一地花骨朵，都说这家伙可能是捣鼓土豆捣鼓疯了，土豆正准备开花就剪了它，这不等于活人把头给割了，不用说长土豆了，看吧，连秧子都很难活成。

结果呢？邻里们都没有说对，缸腰嫂家的土豆秧子不但没有死，秋天还获得了大丰收。邻里们就开始羡慕，纷纷去找缸腰嫂取经。从此，缸腰嫂在村子里又得了一个外号"土专家"。

我去的时候是个中午，缸腰嫂正在家喜滋滋地吃烙饼，旁边围坐着很多人，据说她最近又在捣鼓让普通的谷子生长两个穗子。我问她为什么能想到要把花骨朵给剪了。缸腰嫂呵呵笑一嗓子，大声大气地说："你问的是哪个什么灵来着？对了，是那个灵和感吧！"我说："对，对，就是那个灵和感！"缸腰嫂笑得更欢了，说："俺就知道你们这些当记者的想知道啥！"

她的男人在旁边插话说："人家记者问你啥你就答啥，别瞎咧咧！"缸腰嫂说："俺才不瞎咧咧呢，经常看电视俺知道该说啥不该说啥！"说完她仰起头笑。我说："你就先说说那个灵和感吧！"缸腰嫂说："有一次俺到老刘家看老刘剪树，俺问他为什么要剪树呢，他说为了果子能长大，要想果子长大必须要修剪，就像庄稼要去苗一样，过后俺就想……"缸腰嫂说到这里突然停下来，一本正经地问我："记者同志，俺这样跟你说话上电视不？"我笑着说："不上,我是报社的记者!"缸腰嫂又哈哈地笑着说："这俺就放心了,要不你就还得掐了刚才那一咕噜,让俺也收拾收拾重说。"说着她又把一块黄蜡蜡的烙饼放进了嘴里,很夸张地嚼起来。旁边围坐的人都笑了,有人说："缸腰嫂,你可真是干啥也误不了吃!"缸腰嫂笑说："人就为了这个口口,不吃咋弄!"大家又笑。接着缸腰嫂说："过后俺就想这土豆能不能剪呢,俺就试了!"我问："听说你要让谷子结两个穗子,是这样吗?"缸腰嫂说："是啊,为什么老长一个穗穗,人还能生双胞胎呢! 谷子为什么就不能结两个穗穗?"我又问："你的依据是什么?"旁边的邻里插话说："人家缸腰嫂的儿子上的是农大,今年毕业回村了,专门研究谷子哩!"我说："是吗?"邻里说："是哩是哩!"

缸腰嫂听了笑得很欢,前俯后仰的,笑的同时仍然没有忘记往嘴里送烙饼。她的男人说："吃,吃,就知道吃,都成缸了还吃!"缸腰嫂说："有了不吃咋弄,过去想吃还吃不上呢!"说着她又发出一阵爽朗的笑……

李没成致富

李没成的爹娘死得早,在黄河滩村是个吃百家饭长大的孤儿,三十好几了也没有娶上一个媳妇。后来他进城了就莫名其妙地富了,在城里买了宽敞的单元楼房,开着豪华的私家车,媳妇也找上了,是个水灵灵的姑娘,而且这一切只用了不到两年时间。

有人说李没成的钱很可能来路不正,也有人说他的钱绝对是偷来的,要么就是发了什么不义之财,总之不知内情的人都在背后猜测,但这只是背后的流言蜚语,因为李没成至今不仅没有犯什么事儿,而且越活越滋润。

其实,李没成自己清楚他的钱是用脑子挣来的,是从一种叫连环扣的小玩具开始的。葛优在《天下无贼》中有一句精彩的台词:"二十一世纪最缺的是什么?是人才。"李没成也有一句精彩的话:"二十一世纪应该靠什么赚钱?靠脑子。"

李没成进城的时候身上只有 50 块钱,原本是准备进城打工的,结果他用身上的 50 块钱一口气批发了 50 个连环扣,在一所小学的校门口一人一个白送了五个学生,他对每一个学生都说同样的话:"叔叔免费送你一个玩具,现在你就到校园里去玩,必须要让其他同学看到,他们问你在哪里买的,你就说是在门口的叔叔那里 5 块钱一个买来的。"

五个学生得到玩具后自然高兴,陆续进去后结果可想而知,剩下的 45 个连环扣一会儿工夫就按每个 5 块钱的高价全卖光了,由原来的 50 块钱变成了 225 块钱。李没成很清楚,在校园里,只要有几个学生开始玩同一种玩具就会传染,就像大街上流行的时装。接着他又去批发了 225 个,很快又卖光了,半年时间他用这种方法跑了城里的 20 多所小学,挣了 6 万块钱。当他看到别的商店瞄准商机纷纷购进连环扣的时候,他不干了。换了一套像样的服装去了海南,他有了点钱也想去美美地度个假。

在海南的一家宾馆,他和一位南方的商人相识。晚上,商人和李没成闲聊起来,诉苦说香港有一家企业正准备召开一个大型的商会,需要一批纪念品,老总的意思是为了显示高雅,会议期间发的纪念品必须是大陆北方地区的一种纯手工刺绣的坐垫,尽管价格出得十分诱人,但时间只有一个月,由于时间紧没有一家公司敢接这个单。李没成听后想了想说："要多少个？"商人伸出一根指头："最少得一万个。"李没成说："这个买卖我干了！但有个前提条件，你必须先预付我 30 万块钱定金！"商人听了后很是高兴，连忙说："好说好说，只要你愿意干，价格还可以上调，定金也没有问题，但有一点很重要，就是必须按时交货。"没有任何刺绣经验和设备的李没成满口就答应了下来。

合同签了后，李没成拿到刺绣样品迅速返回，他首先在省级的所有媒体发布了一则同样的招聘广告："因香港一家企业要在本省组建一个大型的刺绣公司，现需招聘刺绣女工若干名，不论文化程度，不论年龄，不论身高长相，只要有刺绣经验，经过刺绣考试合格者月薪 10000 元。"月薪万元招聘刺绣女工，这在北方地区可谓是天价，广告发出的第二天就成为该省一条爆炸性的信息，报名者络绎不绝，一些原本就在刺绣企业工作多年的女工都瞒着自己的头儿跑到李没成那里报了名，甚至有许多农村刺绣的好手也纷纷报名，老太婆、小媳妇、大姑娘一时间都来了。李没成不慌，他临时租用了三个大型的厂房，用 30 万块钱定金批发来原料，高薪招聘了 60 位懂刺绣的得力帮手，对前来报名的人发出通知，要求他们在同一天自带刺绣工具到指定的地点参加刺绣考试。

刺绣考试当天可谓是人山人海，原来临时租用的三个大型厂房容不下这么多人，李没成又高价租了一个剧院，考试内容是刺绣同一种产品，也就是李没成从海南带来的坐垫样品，时间是三天，管吃管住，谁的刺绣越精美成功率就越高。前来应聘者都暗中较劲儿："今天可得好好地绣一回，这份工作一辈子都碰不到。"所有的人都拿出了自己的看家本事，生怕刺绣不合格遭淘汰，失去这个月薪万元的工作。白天时间不够就挑灯夜战，甚至有的饭都顾不上吃。

第三天刺绣品完成后,李没成宣布回去等候通知。就这样李没成很轻松地就得到了一万多件手工刺绣品,而且件件很精美,挑去部分新手做的不合格的产品,其余的顺利交货,香港方十分满意,出了高价,李没成富了。

据说有好多刺绣女工找李没成问招聘的事儿,李没成说你们还敢来问我,考下来后所有的刺绣品都不够格,我还白白赔进去几十万元的原料钱。后来人们都说:"人家敢出万元月薪招聘刺绣女工,肯定要的是行业里的精英,咱还是去找800块钱月薪的刺绣工作吧!"自然没有人再找李没成问招聘的事了。

钱有了,房子有了,车有了,漂亮的媳妇也有了,不到两年时间李没成富得让人生疑,但李没成靠的是脑子。后来,李没成又做了几笔漂亮的生意,再后来他又要投资教育。熟悉他的人都纳闷地说:"李没成你疯了,教育能投资吗? 国家一再说再苦不能苦孩子,再穷不能穷教育,每年都往里贴好多钱,你却要投资教育?"

李没成听了嘿嘿一笑说:"二十一世纪应该靠什么赚钱? 靠脑子! 我告诉你们,投资教育绝对是一条光明的大道,不信你们就等着瞧!"

没有上过学的李没成真的当上了校长。

吴德贵的心事

吴德贵老汉一生都没有穿过皮鞋。

小时候家里穷,每年春节前他的小脚娘都会在油灯下忙活几个晚上,赶出几双"千层底儿"(布鞋),鞋面上用的布料也是穿烂了的旧衣裳。兄妹几个人人有份,一人一双。

"千层底儿"刚上脚,就像套上了"紧箍咒"。德贵就喊:"娘,脚疼!"小脚娘说:"踩踩就妥帖了,新鞋大了,穿旧后就会不跟脚!"一双"千层底儿"一年四季就全交代了,夏天还好说,可以赤脚疯跑,往往刚入冬,五根脚趾就解放了,冻得受不了,德贵就用布絮塞着继续穿,直到除夕夜换上娘做的新布鞋。

后来小脚娘走了,吴德贵娶了媳妇,开始买黄胶鞋穿,村里人叫这种鞋为"老解放"。"老解放"一上脚比"千层底儿"舒服多了,柔柔软软的,冬天踩在冰上都防滑,这对于吴德贵来说已经很满足了。因为他家情况特殊,媳妇一生尽管病恹恹的,但丝毫没有影响她的生育能力,一撒腿给他生了六个娃,小日子过得着实艰苦,包产到户后别家吃不了开始卖余粮了,他家嘴多,连年闹饥荒。

靠吃糠咽菜,他总算把六个儿子养成了人,而且又都学了一门手艺,石匠、木匠等,最没有出息的小儿子也会开拖拉机,生活有了很大的起色,六个如小牛犊子似的儿子纷纷娶了媳妇,分家另过后,在村里就形成了一股不小的势力,原来最穷的吴家成了村里叫得响的大户。无法劳动的吴德贵干脆将责任田全部分给了六个儿子，自己彻底解脱，尤其是老伴去世后，他每天就挂着拐杖到村口小学的后墙根晒太阳，别人见了老远就会打招呼："德贵爷好啊！"他手捻着几根并不长的胡须，笑笑说："好，好，都好！"

闲着没事的吴德贵老汉，吃饱了，穿暖和了，老了也有时间了，蹲在村口小学的后墙根晒着太阳，常常琢磨来往行人的鞋，尤其是皮鞋，"哒哒哒"地一路走过，就像钉了铁掌的马蹄子，落脚撞击地面时都会发出清脆的响声，这皮鞋穿在脚上到底是什么滋味呢？吴德贵不晓得，他就像一个孩子似的琢磨，因为他从没有穿过皮鞋。

按理说他给任意一个儿子说一声，都会给他买一双皮鞋穿的，主要是他不愿意自己开这个口，也不好意思去开这个口，开口了恐怕也不会得到儿子的同意，什么都可以答应，唯有这个要求难实现。人老了，腿脚都不灵便了，万一有个闪失怎么办？儿子们给他买鞋时也尽量挑选柔软的布鞋。关键是吴德贵老汉越来越不愿意穿布鞋了，从开裤裆穿到了拄拐杖，看都看厌烦了。所谓孩子怕数手里的糖果，老人怕数剩下的岁月，晚上睡觉时眉毛还是花白，一觉醒来就成了霜色。吴德贵老汉步履蹒跚起来，对皮鞋的好奇心就像他的年龄一样在不断增加。他越不明白就越想着去琢磨明白，越琢磨又越发糊涂起来，比如，后跟高高的皮鞋穿在脚上是一种什么样的感觉呢？走起路来会不会总感觉在下坡呢？皮鞋都是皮子做的，穿鞋的时候如何提鞋呢？……有一天，他无意中发现别人遗弃了的一只破皮鞋，他瞅瞅四下无人，就悄悄地掖在怀里，到村口小学的后墙根晒着太阳琢磨起来，先把皮鞋小心翼翼地拆掉，一层一层地琢磨，为什么皮鞋的鞋底子踩在地上会发出响声呢？他不明白，他就用手握着鞋在旁边的石头上敲，"哒哒哒，哒哒，哒哒哒……"他用手敲着找不到感觉，就套在自己的布鞋上，手扶着拐杖在地上走。奇怪，为什么踩下去会没有声音呢？吴德贵糊涂。村里人见了，不明白吴德贵在干什么，就问："德贵爷，你在干甚呢？"吴德贵显得很慌乱说："晒，晒，晒太阳！"

六个儿子都外出打工去了，媳妇轮流伺候着他，有人就将那天看到吴德贵套着破皮鞋的事情告诉了大吴的媳妇。大吴的媳妇感觉到事情的严重性，六个媳妇一商量就给城里打工的六个儿子去了电话，儿子们回来后，就领着吴德贵到乡卫生所看医生。吴德贵嚷嚷："俺没有病，俺没有病！"大吴说："爹，咱去看看，有病治病，没病预防，人家城里人很年轻就定期到医院做检查呢！"吴德贵老汉就不吭声了。

医生给吴德贵老汉做检查前，问平时的症状，大吴就悄悄地将父亲拆皮鞋的事情告诉了医生。医生检查后思索了一阵子，在纸上写下几个字：老年痴呆症。

药拿回一大包，吴德贵老汉坚持说自己没有病，二吴说："爹，人家医生都说了有病，药都拿回来了，你就吃吧！"其实吴德贵老汉心里清楚，要说有病，就是有一块多年的心病：想穿皮鞋。可他不能说出口。

六个儿子返城后，媳妇们就轮流把吴德贵老汉看护起来，晒太阳的权利都没有了。医生说了，得了老年痴呆症的老人最好别让他一个人随便走动，容易找不到回家的门。

不久，吴德贵老汉病了。六个儿子都回到老人身边，在弥留之际，吴德贵心想，活的时候不让我穿皮鞋，怕我摔倒，死后儿子们肯定会给我买一双崭新的皮鞋，在人间的道路上走不出声响，死后到另一个世界也能踩出点动静。寿衣准备好后，吴德贵比画着坚持要看，儿子们将衣裳提过去，他推掉不看，将帽子提过去，他推掉索性闭上眼，最后儿子将鞋提过去后，他睁大了眼睛。然而他失望了，是一双靴子，上等的丝绸做的，上面还绣着精美的图案，再好的丝绸它也是布啊！吴德贵老汉的喉咙咕噜了几下，好像有一口痰堵在那，他瞪着眼睛用指头点着六个儿子骂道："你们都给我滚开，我累死累活、辛辛苦苦真是白养活了你们六个不孝的杂种！"说完咽气了。

"爹啊，您到底不满意啥？告诉我们啊！"六个儿子哭声震天，吴德贵老汉静静地躺在床上闭口不言。

一 位 民 工

那是一个早上，当我坐上从市区通向黄河滩村的长途客车，准备下乡采访时，突然发现在我的前面有一张熟悉的面孔，他是在我单位旁边一家工地上劳动的农民工。"他是回家吗？"我在心里想着，并注视着他。此时客车像只蜗牛似的缓缓地挪动着开始出站，他转身发现我在注视着他，四目相对的瞬间，他就像受了惊似的，迅速地扭转了头，掏出一支香烟燃上，很贪婪地抽了一口，从鼻孔中喷出两股浓浓的青烟，目光移向车窗外。

我知道这是外来打工者的通病，他们怯生生地来到一座陌生的城市，对什么都有一种怯生生的感觉，仿佛是在偷偷摸摸中生存。他并不认识我，但我注意到他已经很久了。由于工地外是通向单位的必经之路，每天上下班我总会不经意地向里瞥几眼。他很特殊，特殊的原因是他每天都是同一张面孔。他的面孔就如一面刚刚粉刷后又被太阳晒得干瘪瘪的水泥墙，灰突突的仿佛还冒着土灰儿，有一种让人喘不匀气的感觉，但他能喘匀，两个大鼻孔呼哧呼哧的。我并不知道他什么时候休息，他在我的印象中是从来都不休息的。早上八点，我去上班时，就能看到他在轰鸣的搅拌机旁翻腾着一袋袋水泥往机器里倒，身边放着高高一摞已经用空了的水泥编织袋；晚上下班时，他同样还在倒水泥，身边的空袋就像一座小山，破旧的衣衫上，甚至牙齿上都沾满了水泥，宛如一台水泥铸成的机器。

　　记得最清楚的一次是他在单位门口的公用电话旁打电话，两只大手哗啦哗啦地翻着破旧的电话簿，找了一个号码，拨通了用十分沙哑的声音说："是小卫吧，我身上没钱了，能不能借我一点用，二十块钱就行，嗓子痛得受不了想买点药。是，是的，是找到工作了，但工地会计这几天不在，等会计回来借了钱我会立即还给你的，怎么你还不相信我？哦，那就算了吧，我再想想办法。"接着他又用那双大手哗啦哗啦地翻了几页电话簿，停下来望着路上的车流发了一会儿愣怔，然后再翻电话簿拨通了一个电话："喂，是刚仔吗？对不起，请你帮忙给俺叫一下李刚好吗？俺是他老乡，出去了！啥时回来？哦，那我过几天再打吧！"我猜想他可能是生病了，想买药但身上又没钱。那天我就在单位门口，望着他连打了四个电话，最后还是慢腾腾地向工地走去，这就是前几天的事。

　　客车在崎岖不平的山路上行驶着，一起一伏地就如波涛汹涌的海面上漂着的一叶小舟。我再次注视他，发现他的头发今天冲洗得很干净，但耳朵里仍然留着黑黑的似乎难以洗掉的污垢，身边的座位旁，放着一个鼓鼓囊囊的旅行包。车"呼哧呼哧"的，好一阵喘息过后才缓缓地停了下来，到村了。车门打开后，一股清新的田园气息扑面而来。我注意着他下车后，迈着大步就如一位得胜归来的将军向村的深处走去，不时挥着大手和乡亲们打着招呼，满面都洋溢着春风。

凑巧的是，那天我的采访对象与他刚好是隔壁，当我打听着走近那没有任何遮挡的院子时，远远地就看到他在挥舞着大手，眉飞色舞地讲着话，声音高得似乎全村人都能听得见，我没有急着进院，而是悄悄地坐在一棵树下，听他说话，他的身旁放着的旅行包空了。两个孩子手里每人拿着一个大面包，手舞足蹈地戏闹着，相互追逐着。他的左边坐着一位约有八旬的老大娘，像是他的母亲，手里也捧着一个大面包，右边像是妻子，怀中抱着一双白色的运动胶鞋，在阳光下发着刺目的光。他就坐在中央，身边放着一大碗水，他的那双倒水泥的大手，此时不停地在空中挥动着："娘，您就放心吧，我在市里一家大单位工作，一月千把块呢！单位的头儿对我不错，我干着最轻的活儿，一点也不累，好着呢！那单位可大呢，气派着呢，等有时间我也接您去看看，再看看城里的公园，对了，还有孩儿他妈、孩子一块儿去，城里的公园可美了……"

他的母亲听着，脸上露出了舒心的微笑，妻子亲昵地看着他，孩子们闹得更欢了，他的那双大手仍在不停挥舞着……

真的，好长一段日子，每次下班回到家里，往沙发一坐，手握遥控器喊累时，我总会想起那双大手，那双翻腾着倒水泥的大手，那双哗哗啦啦翻电话簿的大手，那双在母亲和妻子面前编造着善意的谎言、在空中不停地挥舞着的大手，突然感到他是一位英雄，真的，是一位很了不起的英雄，尽管他只是一位不起眼的民工。

高 春 花

春姑娘小嘴一吹一吹，黄花花就一下一下地开了，八百里太行山香气撩人。

成群结队的香气就像长了翅膀的蜜糖，越过山野，溜进村庄，吸引着黄河滩村的女人们提着篮子走出村庄，上山采摘黄花花，做茶。

黄花花是一种叫连翘的植物，据说果实可以入药。在韩国的首都首尔，这种花被称为市花。当然，黄河滩村里的女人们是不晓得的，如果你一定要告诉她们在这个地球上还有一个国家把黄花花作为一座城市的市花，她们肯定会捂着嘴巴笑上几天，最后你还会落个哄人的罪名。

因为在黄河滩村的女人们眼里，满山遍野最不缺的就是连翘。除了果实可以当药，花可以做茶外，连翘的命就像村里的女人一样贱，随便扔到哪里都会生根、发芽、开花、结果。

山秀就像这连翘花一样，当初被高瘸子家的儿子高狗娃用一篮子鸡蛋换回来做了媳妇。缺吃少穿的生活丝毫没有影响到山秀生根。她六年之内接连发了四次芽，开了四次花，一口气给高狗娃生了四个娃，清一色是女娃。

老大高春花，老二高夏花，老三高秋花，最小的叫高冬花。

在四姐妹中间，老大高春花最像她娘，性格却软绵绵的，偶尔也喜欢唱几嗓子山曲儿，做起活儿来不惜力，踏实。

每年黄花花还是骨朵朵的时候，高春花她爹高狗娃就会和村里的男人们一起背着铺盖走出太行山，进城去谋生。留下的就是一村的老人和女人。

16岁的高春花自然成了母亲的得力帮手。黄花花开满山野的时候，高春花也会去摘花。

高春花提着篮子舍得跑，常常要比村里人走得远许多。村庄附近的花开得不够饱满的时候，就被扛着锄头下地的女人顺手摘走了，留下的只是光秃秃的枝条。

不守庄不守地的山坳里，偏僻一些，寂寞一些，黄花花却开得饱满而兴旺，疯长的花儿能把春风染香。

高春花藏在花丛中，摘着黄花花，贪婪地闻着花香，瞅瞅四下无人，舌头舔舔嘴唇就会唱山曲儿：

黄花花开来迷死个人

紧随着哥哥到黄昏

摘下几朵黄花花

朵朵都是哥哥的情

风尘尘不动树稍稍摆

哥哥你啥时能到来

端起碗碗就想你

泪蛋蛋成了连阴雨

…………

高春花唱的山曲儿都是从母亲嘴里悄悄学来的。她总感觉这样的小曲儿只能在没有人的地方唱，否则她会把脸蛋儿羞红。偏偏那天高春花唱得正投入的时候，寂静的山坳坳里就传出一个男高音。在她的记忆里满村只有自己的娘会唱小曲儿，如今她听到这个男高音后，吃了一惊，篮子翻了她都全然不知，黄花花丢了一地。

黄花花开在崖上头，

惹得人的口水往外流

想摘它又怕划破手

妹妹呀，你说哥哥羞不羞

山坡上放羊野地里睡

合上眼睛就想妹妹

青石蛋蛋砸了脚后跟

没个人心疼活受罪

门搭搭开花不来来

盼着你来你就来

…………

男高音由远到近，等唱小曲儿的人甩着长长的羊鞭走近时，高春花才看清是村里刘圪拐。

刘圪拐确实有点儿拐。小的时候，患小儿麻痹，本来好好的左腿就像短了似的脚够不着地，走起路来一拐一拐的。他爹死得早，娘又嫁了人，留下他外出打工没有人要，就留在村里给别的家户放羊。孤零零的，26 岁了还没能娶上婆娘。

也许是因为刘圪拐会唱小曲儿，也许是因为当时高春花太高兴，反正那天高春花就像跟了鬼，平时不多言语的她竟然和刘圪拐唠上了。光唠上还是小事，临回村的时候，又被刘圪拐一把扭到怀里，搂了搂腰，亲了亲嘴。

腰搂了，嘴亲了。刘圪拐一回村就忘了。高春花却没有忘，尽管她不是自愿的，但从那时起她的心里就藏了一个人。

经人介绍，刘圪拐去见胡寡妇那天，谁也没有想到半路会杀出个软绵绵的高春花。高春花步着刘圪拐的后尘去到胡寡妇家的时候，软绵绵地往正门口一坐，不闹也不走，谁劝也不听。刘圪拐问高春花："你到底要干啥?"高春花半天软绵绵地冒出一句："你娶婆娘可以，得先还俺嘴!"

此后，刘圪拐一找对象，高春花就去软绵绵地要嘴。她曾被娘拧过，打过。她爹回来后又狠狠地扇了她耳刮子，但对已经铁了心的高春花，无用。

一个 16 岁，一个 26 岁，男女相差 10 岁，这在黄河滩是绝对成不了的事，但软绵绵的高春花就要开这个先河。

她娘问："村里有的是好男儿你为啥不去相，偏偏要跟刘圪拐过呢? 娘就是'锅盖上的米——熬出来'的啊，娘最知道穷的苦啊!"

高春花不听也不吭。

她爹觉得说不管用，就拿起鞭子抽，还是无用，逼得紧了，高春花干脆就来个"麻雀往蛇窝里钻——寻死"。

最后她爹也没有办法了，真没有想到这死丫头是"张飞卖刺猬——人硬活儿也扎手"。没有办法就答应吧，总不能把女儿活活逼死吧。

临出嫁的那天晚上，她娘忍不住又问："死丫头啊，临出门了你总应该告诉娘为啥偏偏要嫁给刘圪拐吧? 娘想不通啊!"

高春花擦擦眼泪说："娘啊，刘圪拐搂了俺的腰，亲了俺的嘴，俺不嫁他还能嫁谁?"

高 夏 花

姐姐高春花 16 岁就嫁了大她 10 岁的刘圪拐。

妹妹高夏花说:"姐啊姐,你真是傻得够呛。"

高夏花说这话的时候,已经是一个山花烂漫的夏季,当年她18 岁。

高夏花不像她姐高春花那样软绵绵的。她心高,还有点倔。

她爹高狗娃托人给她介绍了一户人家,男娃叫李没成。孩子老实本分,很能吃苦。男娃的爹和高夏花的爹一起在城里谋生多年,彼此关系又比村里的邻里之间感觉近了些。

前年,高夏花家两条腿伸进了一只裤腿里,蹬打不开了,还曾经向李家借过 2000 块钱,至今未还。高夏花爹对这门亲事非常满意,但偏偏遇到个高夏花死活不同意。

高夏花的爹说:"这门亲事俺做主。"

高夏花说:"爹,您要做主您就嫁,反正俺不嫁。"

高夏花的爹说:"不嫁,你想咋地?"

高夏花说:"俺想去城里打工,将来嫁到山外去。凭什么你们说要俺嫁谁俺就得嫁谁啊?"

高夏花的爹气得站起来对着夏花的脸就是一巴掌:"小杂种,你还反了天了,你是俺闺女,俺有权力给你做这个主。"

高夏花不吭声了,捂着脸跑到里屋呜呜地哭。

高夏花的娘就去劝:"娃,你就认命吧,女人一辈子也就是这样。”

"是啥？是啥？"高夏花大声地哭着喊。

正如高夏花的娘说的,女人一辈子就是这样。闺女哭归哭,闹归闹,丝毫没有影响到大人之间的正常交涉。在媒人的协调之下,李家答应只要高家把闺女嫁过来,除借的 2000 块钱不用还了,另外还给高家 3000 块彩礼钱。最初高家不是很满意,人家嫁闺女彩礼都上了万,你才给 5000 块,这经不起打听。最后死磨硬泡,李家又做出了让步,答应给高家捉 6 只小猪娃子。

猪娃子进了高家的圈,彩礼到了高夏花爹的兜,日期就定了。

眼看着离出嫁的日期越来越近,高夏花的思想工作还没有做通,死活还是那两个字:不嫁。

甚至高夏花私下里都做好了出逃的准备。但她没有钱,连进城的路费都没有,再说长这样大最远就去过镇里,连县城都不知道在哪,如何跑啊? 她犹豫了几次都没有付出实际行动。

她闷闷不乐地走出村外,站在山头上,望着茫茫的太行山一座山连着一座山,她总在想一个问题:难道山里的女人真如娘说的那样,一辈子就是这样?

此时,远处的青纱帐中传来一阵山曲儿,高夏花知道这是苦命的姐姐在唱:

嫁汉嫁给放羊汉

双脚能把路走穿

嫁汉嫁给铁匠汉

眉眼虽黑身强健

嫁汉嫁给木匠汉

心灵手巧摆设全

嫁汉嫁给庄稼汉

吃新米来吃新面

嫁汉嫁给小书生

拿起笔杆能生风

…………

姐姐唱着唱着突然停了下来。

肯定是姐姐又被圪针扎了手,高夏花想,接着又听姐姐唱开了:

清丝丝的蓝天上飘一朵白云

嫁了一个汉汉很不合奴的心

谁说离婚没有条件

出嫁到他家四五年

俺在他家从没有当过人

为啥就不能你是你的东来

俺是俺的西

俺找俺的汉来你找你的妻

…………

高夏花听姐姐唱的山曲儿中明显带着哭腔。难道山里的女人一辈子真的就是这样? 高夏花想不通。

最终,高夏花还是出嫁了。

过门后,不到三天小两口就闹起了别扭。高夏花跑回了娘家,憨实的李没成找到高家,不是去领媳妇,而是想赶回那 6 只猪,要回那 5000 块钱。高夏花她爹急了说:"你这到底是咋的了?"

李没成说:"俺当小辈的,说出来也不怕你笑话,这样的媳妇俺要不起。"

"到底是咋的了? 你说啊!"高夏花她爹说。

李没成低着头小声说:"都三宿了,她都把裤腰带系成一个死疙瘩,死活都不脱裤!"

高夏花的爹听了说:"真是个没有出息的货,你是个男人还没有办法?"

李没成听了高夏花爹的话似乎明白了点啥。

在娘的劝说下,高夏花还是老老实实地跟着李没成回去了。

据说回去后,那天晚上,高夏花哭得呼天抢地地闹了一整夜。裤带剪断了,裤也剪烂了。李没成压在高夏花身上折腾了一次又一次,每一次折腾都在大呼小叫地喊着同一句话:"操你奶奶的,老子娶你用了6只猪娃子,花了5000块钱。你以为老子是在弄你呢,老子弄的是6只猪娃子,5000块钱。"

天刚亮,高夏花就起来了。她的脸上青一块紫一块,站都站不稳,还是乖乖地来到灶膛前开始烧火做饭。

"也许,山里的女人一辈子就是这样。"高夏花想。

高 秋 花

秋风前后麦入土

白露左右收米黍

庄稼到了成熟日

起早贪黑收五谷

谷穗肥壮弯下腰

高粱长得赛珍珠

豆秧缠脚豆角稠

玉茭长得长又粗

油菜籽饱满地铺

…………

当高春花唱起这支山曲儿的时候，秋天就真真切切地来了。

高家的三闺女高秋花从城里回来了，帮母亲收秋。

在高家的四姐妹中间，高秋花算是幸运的一个，她幸运地在镇里念完了高中，幸运地赶上城里的一家果品厂来镇里招工，又被幸运地选中，这一连串的幸运让她完全不像个山里的人。

高秋花上身穿着一件白色的半袖，下身穿着牛仔裤，白净的脖子上还系了一条小小的红色丝巾，走在通往村里的田间小道上，吸引着田地里女人和汉子们的目光。

高秋花的二姐高夏花看到妹妹回来后，直愣愣地看了她半天才突然醒悟过来，丢下手里的农活，就像迎接尊贵的客人似的把妹妹迎回了家。

进门后，高夏花迫不及待地问："快给姐姐说说，城里到底是个啥？"

"姐，我渴。"高秋花说。

"来，喝水。"

"姐，我饿。"

"来，吃饭。"

"姐，你臭。"

"死丫头片子，才进城几天就嫌姐臭了。"

"就是臭嘛。"

"哪里臭？"

"汗臭。"

高秋花说是回村帮父母收秋的，其实也插不上什么手，傲慢得像个公主。不是嫌地里的庄稼茬子太高，就是嫌地里的土弄脏了衬衫，要么就是被圪针扎了手。在地里磨蹭了半天就死活不去了，被她爹狠狠地臭骂了一顿，一溜烟地回城里了。

　　在城里高秋花做的并不是什么很体面的工作，在果品公司，每天戴着一双塑料手套叮叮当当地洗瓶子。这并不重要，重要的是她到了城里，她看到了城里的霓虹灯，吃到了城里的饭，喝到了城里的水，自然而然地做起城里的梦来。她盼望着有一天能被一个城里人看中，嫁到城里，名正言顺地当起城里人，这一年她20岁。

　　春节公司放假。当别的女娃都急急慌慌地闹着要回家的时候，高秋花不急，她到邮局给家里寄了钱后就留在了城里。她不想回家。她从内心讨厌那个窗户上糊着麻纸，屋子里黑乎乎的家，她甚至讨厌村庄四周那黑压压的山，总让她看不远，讨厌那发黄的土路没有城里的小胡同宽。

　　舍友们走后，原来拥挤不堪的公司宿舍一下就空了，也不用上班了，每天有了大量的时间。闲得无聊的高秋花就在街上四处转悠，这个时候，她认识了刘军。

　　刘军和她一样整天无所事事。高秋花不知道他的具体工作是什么，只知道他是城里人，这对于高秋花来说已经足够了，况且他一个人住着一套两居室的大房子。

　　刘军领着高秋花去到他家的那天晚上，高秋花就像在梦里。她感觉眼前这个显得略有点苍老的男孩子就是她的上帝，是她的幸福，是她未来所有的希望。

　　那一夜，高秋花坐在抽水马桶上半天舍不得起。

　　那一夜，高秋花打开厨房的抽油烟机半天不让它停下。

那一夜，高秋花羞答答地很主动地把自己送给了他。

当他满足地倒在床上开始摸索着找烟的时候，高秋花学着城里女孩的样子问他："你爱我吗?"

他说："爱!"

"有多爱?"高秋花盯着他问。

"很爱,很爱!"他说。

接下来的日子里他们同居了,就像一对小夫妻,买菜、做饭,除夕夜里他们燃放了好多好多的鞭炮,高秋花开心得就像一朵花。

高秋花越来越感觉自己是天下最最幸运的人。上帝就像是自己的亲戚,似乎她想要什么上帝就能送到她身边什么。躺在床上,高秋花问他："为什么一直没有见过你的爹娘呢,咱们什么时候能结婚呢?"他说："等父母回来就结婚,现在父母都在香港度假。"

高秋花听着很开心,"父母"这是城里人才经常用的称谓,高秋花喜欢。"香港"这个她曾经在村主任提着的手提包上看到的城市名字,如今从他的嘴里很轻松就说了出来,而且他的父母就在那里,虽说高秋花不知道香港在哪里,但她知道那是一个很大很大的城市,至少比她现在所在的城市还要大。"那我们以后能去香港看看吗?"高秋花问。

"能!"他说。

高秋花听了搂住了他的脖子。

假期马上就要到了,她甚至不想到果品公司上班了。当她提出这个想法时,他支吾着说："你还是回去吧,我父母马上就要回来了,他们看到我们在一起很不好,我会在适当时候把你介绍给我父母的,真的! 到时候咱们就排排场场地结婚,然后去香港度蜜月。"

"真的吗?"

"当然!"

高秋花听了他的话,快乐地回公司上班了。

那段日子,对于高秋花来说度日如年,她盼望着他会来接她。3 天过去了,5 天过去了,10 天过去了,都没有一点音讯,她等不了了,如果再等一天她都会发疯。

高秋花去找他了。

当她再次来到那个熟悉的家的时候,来开门的不是他,而是一位中年男人。她红着脸,站在门口不知道该说什么。中年男人问:"你找谁?"

高秋花怯生生地说:"我找刘军。"

"刘军是谁啊,我不认识这个人。"中年男人说完不容分说就关上了门。

"开门,开门啊!"高秋花也不知哪里来的勇气开始疯狂地敲门。

"你疯了吗?我已经告诉你了,这里没有什么你要找的刘军,你再要无理取闹,小心我揍你!"中年男子露出半个脑袋说。

其实,中年男子是刚刚租来的房子,上一任租房者确实是个小伙子,已经退房走了。那个小伙子并不叫刘军,真名叫什么,具体是做什么的,小区里的人都说不知道。

高秋花盲目地走在大街上,她感觉太阳都失去了颜色。这难道是一场梦吗?她问自己,可现实告诉她这不是梦,她已经怀上了那个人的娃。

高 冬 花

山村里的冬天似乎要比山外来得早得多,秋天刚过,寒风就开始呼呼地叩打着农户家的木头窗棂,房梁上的燕子窝早就空了,高高地挂在那里就像一个失血的心房。高冬花坐在家里的一个小矮凳上,看着房梁上的燕子窝发呆。

"年龄大了,也该给她寻个合适的后生了。"里屋里又传来冬花娘沙哑的声音。

"寻谁,又不是买猪娃子,拿着票子到市场上捉就是了。是寻上门女婿,好嘞孬嘞的,寻个半吊子货回来咋办?"冬花爹说。

老高家四个女儿,前三个该出嫁的都出嫁了,留下老小高冬花,爹娘舍不得放了。想让冬花招个上门女婿回来,一方面可以给他们养老送终,另一方面也好延续高家香火。

高冬花和她的三个姐姐相比,最大的优点就是皮实。在乡里念了三个月初中,就死活不愿意去了,回到家后就跟着爹娘种地,春种秋收里里外外一把好手,这让冬花爹娘很是满意。

刚开始,高冬花也想进城打工,自从她三姐高秋花挺着大肚子回来后,在村里算是丢尽了老高家的脸,因为肚子里的孩子连爹都找不到。高狗娃一急,抓起一个木棍子就打,打得高秋花鬼哭狼嚎的,最后木棍子在高秋花身上断为四节,高秋花也不乱叫了,身下汪了一摊血,孩子流产了。

康复后的高秋花连去城里果品公司洗瓶子的工作都没有了,

嫁给了村里的老光棍憨蛋,憨蛋只比高秋花她爹小三岁。

高秋花出嫁那天哭得呜呜的。

大姐高春花劝她:"咱们女人就是这个命啊!"

二姐高夏花说:"死丫头,伤心个啥,能和城里的男人睡出个孩子就是死了也值得,咱姐妹几个除了你谁还进过城啊!一辈子都不知道城里是个啥呢!"

小妹妹高冬花木木地看着姐姐哭,不吭声,她想自己还是不进城的好。

太阳出来老高了,高冬花依旧坐在家里的一个小矮凳上,看着房梁上的燕子窝发呆。

高狗娃吃了几口饭,提着一包新烟丝出门了。回来的时候已经是掌灯时分,进门后瞅了瞅冬花,冬花正在小矮凳上坐着喝粥,"嘶溜"半天发出一声响。

"快点喝,噎不死!"她爹说了一句。

"死烫,咋喝。"冬花说。

高狗娃晌午去找村里的刘猪孩,他确实看上了猪孩的儿子刘墩子。这是个好后生,老老实实的,平时里总是不言不语的,能吃苦,一麻袋玉茭一甩就稳稳当当地放到肩膀上,眼都不眨巴一下。高狗娃曾经给刘猪孩提过,刘猪孩家五个儿子,刘墩子是老大。猪孩听了一口就拒绝了说:"老大就招上门女婿,会惹旁人笑话。"狗娃说:"谁笑话?你球五个后生,不招上门女婿能娶上媳妇?你以为你是村主任王二虎?"

"人多就是福,和你一样,四个丫头片子,老了连个挖葬的都没有。"

"球——"狗娃嘟哝了一句。

从晌午开始,狗娃和猪孩一直商议到傍晚,猪孩始终不松口,一句话：要把墩子招过去也不难，老高家必须帮他家修三孔新窑洞。

"你狗日的，想杀人哩，我帮你修三孔新窑洞，你想得美，我是招女婿不是娶媳妇。"狗娃说。

"这和娶媳妇有啥区别？我养活的娃白白去给你养老送终？你死能了！"猪孩说。

最后狗娃做出让步，出1000块钱，别的不管。猪孩不同意。狗娃磨磨蹭蹭的，看天晚了只好回了家。

冬花平时木木的，她在心里已经有了自己最喜欢的人。平日里她经常有事没事就到虎生家的院子外转悠，后来她爹知道了，劈头就给了冬花一巴掌，说："大了也不知道收敛，你以后再敢去虎生家小心我捶死你个杂种。"

她爹反对冬花和虎生交往，关键是虎生不能招上门女婿。再说，就是虎生愿意招，狗娃也不会要，虎生家几代单传，而且几代男人一个个都没有活到五十岁。村里人说他家祖上死后，看错了风水，占错了地脉。

在高狗娃的死缠硬磨下，刘猪孩最终答应由高家出2000块钱，把刘墩子招过去做上门女婿。刘墩子知道后说："爹，俺成了啥了，您2000块钱就把俺给卖了。"刘猪孩说："你懂个屁，得了2000块钱，还能成个家，在哪儿不是过日子，如果你不先成个家，你后面的四个弟弟咋整？"刘墩子听爹这样说就不吭声了。

结婚的日期定了后，几挂鞭炮一放，刘墩子就进了高家，成了高冬花的男人。新婚之夜，客人散去后，刘墩子看了一眼憨坐在床边的冬花说："你愿意和俺过吗？"

冬花说："不愿意。"

刘墩子说："俺也不愿意。"

半天谁也不说话。

冬花看一眼刘墩子,刘墩子望一眼冬花。后来还是木木的冬花说了一句话:"睡吧。明天还要去地里。"

"睡吧!"刘墩子也说。

两个人熄了灯,头挨着头睡在了一起。

那一年刘墩子18岁,冬花17岁。

司 机 老 李

黄河滩的老李在城里当司机。对于司机来说,开车上路交警就是克星。然而对于司机老李来说,他开了多年车,从来不怕交警,他经常吹牛说他是交警的克星。也许你会认为老李在交警队里有朋友,或者说有亲戚。实话告诉你:没有! 老李就是老李,原来是黄河滩村的一个普通村民,现在是一个开车的司机。

这一天,老李开着自己的私家车去接老婆,他在路上疾驶,远远地看到路的中央站着一位交警,他没有减速。对于他来说已经形成一种习惯,根本就无视交警的存在,这不是明摆着拿交警不当回事嘛! 是的,这就是老李,也许换作别人不敢这样做,但老李敢。或许换作别的时候交警看到老李后会立即行礼并目送他从自己的身边过去。今天偏偏就邪乎,交警不但没有行礼,而且还打手势让他停下,这让老李心里很不舒坦。

"奶奶的!"

老李骂道,而且没有停,"嗖!"地一下就从交警的身边跑了。

交警生气了,生气归生气,并没有像电影里演的那样开着警车响着长长的警笛去追他,他懒得去追,就像如来佛一样知道"孙悟空"逃不出自己的手心。他看着老李远去的车影,不急不慌地拿出对讲机:

"喂!33号33号,我是27号,收到请回话!"

"收到,请讲!"

"有一辆黑色的奔驰车,车牌号是8787,向你的方向驶去,请你将他拿下!"

"明白!"

果然,在下一个路口,一位年轻小交警将老李截住:"拿本!"

老李不慌,慢悠悠地从身边拿出一个笔记本递给交警。

交警看了说:"我要本,是本!你没有长耳朵吗?"

老李还不慌,又慢悠悠地放下笔记本,换成了电话本。

"我说你这人,故意是吧,我要的是本!是本!"

年轻交警说话的语气加重了几分。

"你看你这孩子,我手里拿的这玩意儿难道不是本是书?"老李不生气,说这话的时候笑得很欢,奔驰车随着他的笑声打战。

"少给我废话,我要的是你的有效证件!你不明白吗?"

看来交警还算文明,面对这样的挑衅都没有很过激。

老李还不慌:"早说嘛,真是的!"他说着又把电话本放下,从身上掏出了身份证。

"你给我下来,什么东西!"交警终于忍不住了,发脾气了,他把身份证扔给老李后怒气冲冲喊,"妈的,敢耍我!"

"我凭什么要下去啊,我违章了吗?再说你要我的有效证件,难道身份证不是有效证件吗?"老李还是不生气,就是逗他,老李不急,离天黑还早着呢,接老婆不误事。

全民微阅读系列

"你给我揣着明白装糊涂是吧？你给我下来！"交警喊道。

"还骂上了，你是怎么执法的？什么是本？什么是有效证件？连一句话都说不清楚还当交警，要我是你们的队长早撤了你，奶奶的！"老李说。

"你别给我牛，你信不信！如果你再不下来，我可以直接把你的车拖走，开一个烂奔驰你牛什么牛，你以为你是谁？"

老李彻底被激怒了，没有听他闲扯迅速关上了车门，一路狂奔，跑了。

这就是老李，从来没有人敢阻挡的老李，今天让小交警玩了一把，所以他的气都撒在车速上。

"站住！站住！"

小交警在后面骑着摩托车，闪着警灯猛追。沿途的人和车辆纷纷往一旁躲。

"是抓逃犯吗？"一个老头问身边的人。

一位抱孩子的妇女说："谁知道呢，有点雷人！"

我再说一遍：老李就是老李，一个开车的司机。其实他完全可以甩掉追他的小交警，跑掉。但他没有这样做，很奇怪，他直接将车开到了交警队的大院。

小交警被队长叫进了办公室，老李正坐在沙发上慢腾腾地喝茶。

队长问小交警："8787 是你扣来的？"

小交警说："是！"

队长训道："你们怎么谁的车都敢扣啊！"

小交警说："他无证驾驶，还，还，还骂人呢！"

队长说："屁话！他开了二十多年的车，驾龄比你的年龄都长，怎么会无证驾驶呢！"

小交警很委屈地说:"他确实不出示证件啊,所以才扣掉的!"

队长说:"你知道吗! 李师傅是给卢市长开车,分管政法的卢市长开车的你懂吗!"队长把"卢市长"几个字说得非常响亮。

小交警说:"我看牌照不是市领导的车啊,要是的话借我们一百个胆也不敢扣啊!"

队长说:"这是李师傅的私家车,你们就没在看到车牌照8787后去查一查吗! 快去将车从里到外给我洗干净了,要一尘不染!"

小交警灰溜溜地走出队长的办公室……

发明家路克

路克在城里工作,具体是做什么,黄河滩人不知道,不过村里许多人说他是个发明家,因为他用了整整三年时间发明了一副眼镜。

这可不是一副普通的眼镜,用路克的话说这是一副可以造福人类的眼镜,因为这是一副可以看到电磁波的眼镜。如果这种眼镜成功地投放市场,常人只要一戴上它就可以看到半导体的无线电波在空中穿梭,电视节目的传播信号在城市和乡村之间飞舞,奔波而忙碌的人们拿着手机通话时,电磁波就像七色的彩虹随着信号的强弱起舞,那绝对是一个如梦如幻的童话世界。可以试想,当我们为看到雨后的天空挂着一道美丽彩虹而惊呼时,面前上万道美丽的彩虹缠绕着自己,那将是一件多么美妙的事情啊!

路克越想越高兴,他哼着歌,在镜片上安装好最后一个微电脑芯片,然后拿出精致的眼镜框安装好镜片,他要戴上它了。他就要成为这个世界上第一个,可以真正看到传说中童话世界的人了!那是一个阳光明媚的早晨,紧张的上班族没有赶上喝下香甜的豆浆就纷纷走出了家门。

路克完全没有想到戴上眼镜后,眼前的世界完全变了模样。"我的天啊!为什么会这样?"他惊呼。在他的眼前并没有出现他想象中的童话世界,而是让他感到恐怖:无数条红色的丝线,不!应该说是彩虹一样的丝线缠绕着自己,千丝万缕,无头无绪,相互交错着扭打着,他感觉自己就像一只生活在网上的蜘蛛。

墙壁中埋着的原来看不见的电线,此时也放着彩虹般的光芒,仿佛在怪叫。正在煎着鸡蛋的微波炉,开着的电视机、电脑、果汁机等等一切家用电器都仿佛有了生命,向外射着彩虹般的光芒。那流动着的光芒就像无数个锋利的箭头,同时朝他射来,他想躲,没有地方,到处都是彩虹,交错着,箭头般的彩虹从四周直刺他的内脏,又没有规则地从他的身体里射出并和另一些箭头交融。他瞪着惊恐的眼睛倒在地上,身上仿佛被射出密密麻麻的箭孔,在滴血在呻吟……

"我的天啊!为什么?为什么会是这样?"此时他剩下的只有惊恐。

此时放在电脑前的手机响了起来。当手机来电的时候我们常人只会发现电脑荧屏会随着手机的波动微微闪动,如今在路克眼里完全是另一种景象,先是一道粗大的彩虹从屋顶上破顶直下,在他的身上射出一片血孔之后直冲向桌上放着的手机。电脑四周,甚至电视机四周原本错综复杂的无数道彩虹被这道突如其来的侵略者冲击得瑟瑟发抖,随着手机的鸣叫,这道粗大的家伙摇摆着,仿佛在随着手机优美的铃声狂舞。

路克抓着自己的头发,他完全忘记了此时的他是戴着眼镜,他感觉自己正置身于另一个世界,一个恐怖的世界里。他有气无力地从地上爬起来,拿起电话,那道粗壮的家伙就像毒蛇立即缠绕他周身。

电话是他的老同学张卫打来的,张卫是一位出色的医生,他在电话的另一端几乎是惊呼:"路克,你在听吗?告诉你,我终于研究出来了,人类现在的许多疾病都来源于这该死的电磁波,比如我们的人脑对这讨厌的家伙非常敏感。电磁波可以破坏我们生物电的自然平衡,出现头晕、头疼、多梦、失眠、易激动、易疲劳、记忆力减退……路克你在听吗?在吗……"

"该死的!为什么会这样?"

路克没有听完,他将手机关掉扔出好远,随即摘下眼睛,走出家门。

上班的高峰期还没有过去,街上是川流不息的车辆和匆匆忙忙的行人,在他的眼前又恢复了原来的模样。路克掏出眼镜,他没有勇气再次戴上,每个生存者在享受着各种电子产品带来方便的同时已经成为它们忠实的奴仆,每一台电子产品就像一条毒蛇吐着长长的芯子,缠绕着忙碌的人,而人们又不得不去乖乖地接受这疯狂的万箭穿身的电磁波。

信步走到郊外,他眼前是一片高高的钢筋三脚架,无数道电线架在高高的三脚架上,他知道那是一个大型的变电站,是它让整座城市的夜晚变得五彩缤纷。三脚架下的黄土早已被强大的电流烧焦,几棵小树坚强地生长着,明显变形,低矮而枯黄,路克听到头顶的电流在吱吱狂叫,仿佛在向孤独的他示威……

第二辑

发生在村庄里的事

活着的村庄

　　在中国,有村庄的地方就有池塘,有池塘的村庄就是活着的村庄。

　　半亩方塘一鉴开,天光云影共徘徊。多水的南方,村庄里有池塘,塘水清澈,波光粼粼,倘若天气晴好,塘水如镜,映照着天光云影,宁静而美好。在缺水的北方,村庄里更少不了池塘,这些池塘多为旱池,蓄水而成。池塘在中国,就如村庄里独有的"胎记",又像村庄里的眼睛,和村庄相生相伴,如影随形,静默地守望着村庄里的芸芸众生,见证着一座村庄的悠悠岁月,兴衰沧桑。

　　我生活的太行山上村多,沟沟梁梁之间,一座座村庄就如散落在群山里的珍珠,或依山而建,或就势而成。太行山上的村庄不像南方,多是缺水,建一口池,等夏季到来,蓄水成塘,池塘就成为一座村庄里最重要的设施,保障着村庄里的人畜用水。村庄有村庄的规矩,池塘也有池塘的"威严",在村庄里,再淘气的孩子也不会去池塘里玩闹,即使是散学后,一群孩子相互嬉闹着,玩疯了,偶尔忘了规矩跑到池塘的岸上去追逐,也会立即招来路人的厉声呵斥:"这是谁家的娃儿,咋这样不懂规矩? 池岸上是瞎玩的地方吗? 快下来——"

　　夏日天长,蟋蟀不紧不慢地在草丛中低吟,鸟儿飞得很低很慢。村庄里的人下田归来,夕阳已西沉,天还未曾黑透,晚霞燃至"沸点",金色的霞光洒在村庄里的屋顶上、树梢上、光亮如镜的石板小道上，整座村庄如梦如幻，一只飞累了的小蝴蝶，站在一朵花的花瓣上，静止的翅膀在金色的霞光下闪耀着五彩的光芒。归来的农人们在黄昏也不会闲着，他们会乘天色尚未黑透，走出家门去池塘里挑水。张家的老黄狗、李家的小白狗会在通往池塘的小道上，在来往挑水的人流中追逐玩闹。吃饱的牛儿，跟在主人的身后，迈着慢腾腾的步子往家里走。这也是夏日里的村庄最喧闹、最美好的时刻。

夜幕降临，户户灯亮。池塘少了挑水的农人，蛙声四起，这些小家伙，声音高亢而洪亮，是村庄里最出色的"歌者"，整夜不知疲倦地高唱，蛙声绕过池塘，传向村庄的每一个角落。千百年来，一代又一代生存在村庄里的农人们，早已习惯了伴着一池蛙声，在锅碗瓢盆的碰撞声中结束一天的生活，伴着一池蛙声入梦。

村庄里何时有的池塘，我不晓得，总之我出生后村庄里就有池塘，喝着池塘里的水慢慢长大，在池塘边晨读，在池塘边散步，就如生活在村庄里的父辈们一样，池塘伴着我一路成长。

清理池塘对于一个村庄来说，是最为隆重的集体劳动。我小的时候，只经历过一次池塘清理。那是一年冬天，由于夏天雨少，村东的一口老池塘断水干枯，四周露出的淤泥已风干开裂，只留得中间一汪如满月般的清水，也已结冰。村里决定，在当年冬天对老池塘进行一次清淤。在一个十分寒冷的清晨，睡梦中我被一阵阵嘈杂声惊醒后，家里已经空无一人，我慌忙穿衣开门，天刚放亮，冷风呼啸，整个村庄已经空了，村东的老池塘边上站满了人，镐头铁铲林立。

我记得，当日里原本多日卧床不起、身患重病的德福叔，也佝偻着身子站在人群中，别人都在劝他，意思是让他回去，说村庄里这么多的人，不缺他一个。一向温和的德福叔，那天瞪着眼跟劝说他的人急,手里的镐头在地上敲得"咚咚咚"地响,他说:"我病了也需要吃水,吃水就需要出力,你们凭啥让我回去,凭啥……"从那时起,我开始明白,池塘对于缺水的村庄来说就是命脉,是共有的"母亲",是人畜维系生存的"脐带"。

后来走出村庄,我到过南方的许多村庄,看到多水的南方,村庄里的塘水清澈见底,塘水连着小河,小河弯弯绕绕拥抱着村庄,一路欢歌奔向远方。在南方,村庄里的池塘不仅是为了吃水,有的池塘里养着欢蹦的鱼儿,有的养着跳动的大虾,小桥流水人家,白嫩的莲藕,美丽的荷花,驻足静观,景美如画。在中国,不管是南方还是北方,池塘对于村庄里的人来说,就如袅袅的炊烟、旺长的树木、低飞的鸟儿一样,都是记忆中最深的乡愁。

时代的脚步一路向前,自来水管道就如奔流的血脉,在中国的大地上不断伸展,毛细血管连接起千家万户,日夜不停地运送着洁净的自来水。在太行山深处的村庄里再不用愁水,沿用了千年的老池塘,就如吱吱呀呀转动了千年的石碾子一样,结束了自己的历史使命,像一头累极了的老黄牛,安静地卧在村庄里,留下的是深深的乡愁、满满的回忆。

老池塘伴着村庄,千年如影随形,就如一对孪生兄弟,一路同成长。有了自来水的村庄,老池塘不再娇贵,慢慢地退出了人们的视线。有的村庄曾经的池塘已经消失,被填埋后平整,成为住宅;有的村庄老池塘已经荒废,水不再洁净,无人管护,塘岸风化崩塌,如一位衣不遮体的老人,被人遗弃在一边,看了令人心痛。

有池塘的村庄是灵动的,是美丽的。在一些村庄里,有的老池塘有数百年甚至上千年的历史,守护着村庄的兴衰,伴随村庄里的人成长,成为村庄里最古老的建筑。我曾经到过一个村庄,看到过一个古老的池塘,池塘通体青石砌成,一块块青石精雕细琢，四周有护栏环围，虽说年代久远，风吹日晒，依稀可辨青石护栏上有精美的雕花，从塘岸到水面，供人提水所需的台阶，设计考究而人性化，台阶边同样有护栏，守护着提水人的安全，整个老池塘古朴而庄重，可谓是独具匠心，建造别具特色。最经典的是通往池塘里的暗渠，深埋于村庄的地下，千百年来的使用，通畅不堵。老池塘和村庄的山脉、建筑等形成一种特有的和谐，远远望去，就如一颗镶边的绿宝石镶嵌在村庄里，可想当时村庄里的先人们为了建造这座池塘，花费了多少的心血。

有山的村庄是美丽的，有水的村庄更是灵动的，是活着的。如果在整洁的楼房林立中，成排的绿树摇曳间，再留有一汪碧波荡漾的清水之塘，那该是一幅多美的画面。口渴的飞鸟、玩累了的黄狗都能有个饮水的去处。远方的游子偶尔归乡，能静静地坐在村庄里的老池塘边，听听那熟悉的蛙鸣，想想童年的趣事，唱唱熟悉的乡谣，会是一件多么幸福的事情。

其实，对于一座村庄而言，护住一座千年的老池塘，就护住了这座村庄曾经的历史；留住一汪清塘，就留住了一方灵动，留住了记忆中最独特的乡愁；守住一池蛙鸣，就守住了这座村庄曾经最古朴的美丽。

惹祸的黄瓜

又是一个喧闹的六月。

一场夜雨过后，东方欲晓，鸟儿们展开歌喉唤醒宁静的群山，黄河滩村被农户的开门声惊醒后，湿漉漉的晨雾弥漫开来，眼前的村庄就像披上一层薄薄的轻纱，若隐若现，如梦如幻。

德谷老汉走出家门开始牵着牲口往雾里走，有福他爹腋下夹着一把镰刀一路唱着梆子戏在轻纱里穿。此时的菊花已经从自家屋后的黄瓜棚里出来，顶着一头的露水，摘了满满一筐鲜嫩的黄瓜。没有施过任何化肥的黄瓜，绿莹莹的，咬一口，清脆爽口。

"翠花，快来吃黄瓜喽！"

菊花一声喊叫，翠花家的门"吱"的一声开了，翠花拿着梳子边梳头边往外跑："菊花姐，这黄瓜可真新鲜啊！"菊花笑笑，从筐里拿出黄瓜就往翠花怀里塞："来，多拿几根，趁新鲜吃着爽口！"翠花满意地抱着黄瓜回家，村庄内炊烟四起，晨阳也冲破迷雾，将第一缕金光射向树梢。黄河滩真正的早晨就这样开始了。

菊花是个勤劳的女人，她家屋后有一小块空地，每年她都会栽种黄瓜。翠花和菊花两家是近邻，端着碗吃饭的工夫都能相互串门。每年一进六月，翠花全家人天天都能吃到菊花家种的黄瓜，因为翠花和菊花比起来，相对要懒散一些。菊花曾说："翠花，你也把屋后的小空地利用起来吧，自己种点菜吃着舒坦。"翠花说："菊花姐，你不知道啊，我天生就没有耐心。还是你行，干啥都是好手。"菊花也不好再说什么,只要自己摘了黄瓜,她总会喊翠花来拿,有自己家吃的就有翠花家吃的,天天如此,习惯逐渐成了自然。每天早上菊花摘黄瓜总想着有翠花一份,在黄河滩村菊花和翠花相处得就像亲姐妹。

菊花在屋后种了五年黄瓜,翠花家就吃了菊花家五年黄瓜。当村里的家户都纷纷效仿菊花,发展屋后小菜园时,唯独翠花家没有,村里人说翠花可以不收拾菜园,因为有菊花。翠花也不客气地笑笑说,那是当然。

这一年,菊花身体不好,对屋后的小菜园没有用心,结果黄瓜长势受了影响,三天不开一朵小花,开花也不结果。每天早上菊花进菜园后,翠花就在屋里听动静,直到菊花从菜园出来回了家,也不见吆喝让她拿瓜。翠花就开始纳闷儿,这菊花今年是咋的了,为什么不送黄瓜了呢?难道是我做错什么了?没有啊!过年时男人打工回来带回紫菜,我还送了她二两呢。这个没良心的菊花。

满仓媳妇儿效仿菊花种黄瓜,第一年特别地用了心,黄瓜长得旺,她见到菊花后,就送了菊花几根上好的黄瓜。菊花感谢了一番,回家后关上门,刚刚贪婪地咬了一口,就听到翠花的脚步声。

"菊花姐,大白天的关门做什么?"

菊花忙把手里刚咬了一口的黄瓜藏到了簸箕下,将嘴里的黄瓜使劲咽下,答应道:"能干啥,早上起来被子没叠,怕人笑话哩!"

翠花哈哈笑着进屋后说:"我来想用用你家的簸箕。"

这时,菊花才后悔刚才着急藏错了地方,如果翠花看到了黄瓜一定会说自己关住门独吃。因为在菊花的心里五年来已经形成一种习惯，只要有黄瓜就应该有翠花的一份。而在翠花的心里呢，每年白吃菊花家的黄瓜也已经习惯，白吃正常，如果吃不到那就不正常了。

其实生活许多时候就是这样滑稽，如果你突然送人一根黄瓜，对方会感激。如果经常送人黄瓜呢？就成了习惯，在对方心里就会认为你应该这样。

"簸箕……坏了，你问问别人家的吧！"菊花吞吞吐吐地说。

"我说菊花姐，你是不想让我用还是咋的，那不是好好地放着吗？"翠花说着就过去拿簸箕，当簸箕掀开后，出现在翠花眼前的是那根菊花刚刚咬了一口的黄瓜……

"翠花，你误会了，这是误会……"菊花追出家门。但翠花不听。

过后，菊花去找翠花道歉，翠花冷笑着拿出一根黄瓜说："我告诉你菊花，离了你俺照样能吃到黄瓜。看看，这是有福媳妇儿送的黄瓜，没有想到有福媳妇儿其实也是个好人！"

菊花听了就吃惊：前些年翠花和有福媳妇儿曾经因为宅基地生气，两家结怨很深。没有想到有福媳妇儿偶然送了她两根黄瓜，收获的却是感激。而自己呢？整整送了她五年黄瓜，招来的却是怨。为什么会这样？

白吃了菊花家五年黄瓜的翠花，本应该感激菊花的，她却偏偏和菊花结下了怨。

在村里，菊花家和翠花家见了面不再说话。

通往天堂的桥梁

太行山之巅有市，名曰"上党"。

《国策地名考》曰："地极高，与天为党，故曰上党。"境内东南多山，村庄如散落的珍珠，遍布山中。其中，有一村三面山围，形同簸箕，名曰"簸箕庄"。

这一天，那个富人又站在簸箕庄的中央激情演讲："亲爱的父老乡亲，这将是一个无比激动人心的消息，我决定要修通连接东西村庄的桥梁。图纸已经绘好，水泥和钢筋就在运往村庄的路上……"

那个富人的周围，是村庄里狂热的追捧者，他们围着富人，脸上的笑容像阳光一样绽放，他们的手做着鼓掌的姿势，随时准备着鼓掌。

莫成扛着锄头，提着箩筐，去采药。他路过村庄中央，看到正在激情演讲的富人后躲着身子，担心富人的唾沫星儿隔着数米飞溅到身上。"哈哈，你们快看啊！那是谁啊！怎么会活到那个份上，采了五十年的药还穷得叮当响……"富人看到莫成，来了兴致。

莫成不想和他们产生冲突，他没有时间和他们纠缠，他要上山采药，在太阳落山前他必须采满箩筐。"你耳朵聋了吗？没有听到老总（富人）要修东西村庄连接的桥梁吗？你为什么不欢呼？"有追随者拦住了莫成。"七年了，七十三次演讲，哪次不是说水泥和钢筋就在路上,难道走在路上的水泥和钢筋来自天上?"莫成冷冷地说。"你连一袋子水泥都弄不来,还敢这样说。"追随者对着莫成大喊。"我告诉你们,我要修那座桥梁,我一直在为桥梁努力。"莫成说,没有时间和他们纠缠,挤过人群,走了。

簸箕庄是一个七十多户的村庄,分村东和村西,中间隔着一条四米宽的河。说是河,其实冬天干涸,村民可以往来通行,唯有夏季,雨水来临,汹涌的河水会铺满河道,四米距离,西村人去不了东村,东村人回不到西村。

村里人都知道需要一座桥梁,村干部曾挨家挨户游说了三天,动员大家齐动手修桥,结果没人响应。

大伙都忙着挣钱,那个富人在东村后山开了一个石窑,石料源源不断运出簸箕庄,村里的青壮年到石窑采一天石头就能领到一百元,年底看谁做的日工多,还能领到大米白面。

面对钞票和米面,桥梁就显得微不足道,那个富人也成为全村人眼里的"财神",追随者众多,包括村干部。唯有莫成,从不正眼看富人,这让富人很是扫兴。

莫成是单身汉。五十年每天起早贪黑采药,日子越过越穷。有人嘲笑,也有人纳闷儿,他一个人天天上山采药,每隔几天就有收药材的人上门收货,甚至有人亲眼看见收药的人给了他一摞崭新的钞票,他的钱哪里去了?谁也说不清。

那个富人许诺修桥、修学校,好几年了,一件都没有兑现。没有人嘲笑,没有人怀疑,因为村里人需要去他的石窑做工养家。

这一年秋后,修桥的水泥和钢材确实运进了村,而且还来了一大批修桥的工人。他们开着挖土机,拉着搅拌机轰轰烈烈进了村。"这肯定是富人运来的料,叫来的人,肯定是他。"村里人说。

富人去海南度假了。因为每年秋后他都要带着妻儿老小到海南过冬，富人有钱。

两个月后，东西村之间的桥就修好了，从始至终没有动用村里的百姓。修成的桥，宽阔的桥面都能并排走两辆大汽车，十分阔气。

修桥的工人开着车辆要撤走了，有好奇的村民问那些工人桥是谁出的资。工人们说是个富人。大伙都说，看看啊，还是那个富人，为我们发钱，发面，修桥。

天地回暖，那个富人回村，男女老少都出来迎接，富人看到桥发愣。他一路小跑来到老光棍莫成的家，这座茅屋是村子里最破的房子。"你们听着，桥不是我修的，是莫成。"富人突然转身，他的脸上挂着泪水，话语哽咽。"什么——"大伙一阵惊呼。"我告诉你们，一直以来他才是我整个村庄里最敬佩的人。过去我嘲笑他，是因为我在他面前总感觉自己卑微，灵魂上的卑微。为了钱我们可以没有原则，可以自私，贪恋，甚至出卖自己的灵魂。而他，为了大家，省吃俭用采药一生，就为修一座桥，他才是真正的富人。"富人很激动，他带头推开了莫成的家门。然而，莫成不知何时，已经离开了人世，脸上挂着微笑。

喊　　魂

"狗蛋哟——回家喽！"

"回家喽——狗蛋哟——快快回家喽！"

黄昏近，红日走西。

我闻声寻去，脚踏在一条完全由岁月刷亮的青石小道上，宛如行走在一首七言绝句上，一路平平仄仄，每一次抬脚跨过的都是一段历史，每一脚下去踩出的都是一个旋律。这悠长悠长的青石小道，像诗，更像歌。光洁如镜的表面不知承载着多少故事，挑担的、砍柴的、骑马的、赤脚的、穿靴的、穿鞋的，有多少双脚从这小道上走过，或许无人能晓得。穿越岁月的烟云，这古老的小道就如一本铺展开来的《诗经》。

青石小道一路延伸而去，就是村庄的心脏。接近声音的源头，忽见一户人家，门庭大开，倚门而立的是一位老太婆。这位老太婆一身布衣，白发苍苍，她正手扶门框，做着一副翘首期盼状在高声呼喊。她的喊声悠扬而深远，似乎又有点不慌不忙。这声声喊，喊沉了落日，喊淡了夕阳，越过房舍，绕过村庄，就如脚下的青石小道一样悠长。

"狗蛋哟——回家喽！"

"回家喽——狗蛋哟——快快回家喽！"

狗蛋是老太婆的孙子。令人费解的是，此时的狗蛋明明就坐在屋子里的矮凳上，他正在耐心地啃着半个苹果，老太婆却在喊，认真地喊，固执地喊。仿佛一个狗蛋待在家，还有一个狗蛋正迷失于荒野寻不到家。

村里人告诉我，这老太婆并不固执，在村子里是出了名的能干，是个称职的奶奶，合格的娘。和村里的大多数男人一样为赚钱养家，老太婆的儿子带着媳妇开春就走了，打工远走他乡，走时将他的儿子留给了娘。

岁月洗白了娘的乌发，日子压弯了娘的脊梁，老太婆养大儿子后，接过照看孙子的重任，白发奶奶又成了娘，乡村的女人啊，一辈子最当不够的就是"娘"。面对生活，老太婆从来不曾有一丝抱怨，或许她已经遗忘了抱怨，或许早已习惯了睁开眼就劳作，对于她来说似乎这才是真实的活着，这才是生活，只要不躺进棺材就像蚂蚱一样蹦跶。这也是多数乡村老人的宿命，如同一把伞，只要不坏，风里来雨里去只顾用，直到历经风吹雨打后千疮百孔，再也撑不起腰身，安静地离去时落下的几滴泪水，是放心不下儿孙的无奈，还是如释重负后的欢悦，有几人能真正说得清。

"狗蛋哟——回家喽！"

"回家喽——狗蛋哟——快快回家喽！"

老太婆依然在喊。她心里清楚，必须在黄昏消失前将迷失的狗蛋喊回家，这样家里的狗蛋才能活泛。她倚门而立，手扶门框，一副翘首期盼状，半个时辰都不曾换个姿势，喊，不停地喊。狗蛋平时很活泛，活泛到能在奶奶的眼皮底下偷走母鸡刚刚下的蛋。

这是一只绝对称职的老母鸡，多少年了永远是忠心耿耿。它每一次下蛋后都会"咯咯哒，咯咯哒"以一副居功自傲的姿态欢叫，它是向主人汇报自己的战果。这一次，老太婆听到鸡叫声后兴冲冲地走向鸡窝，伸手一摸，温度尚存，蛋却没了。老太婆转眼望向欢叫的母鸡，母鸡看到主人望它似乎叫得更欢。

"你这干打雷不下雨的东西，总是捉弄我这个老婆子，叫，还叫……"

老太婆训斥着母鸡，弯腰捡起一个木棍子向着母鸡扔去，正在兴头上的母鸡毫无防备，直到木棍子生风而来，它才受惊逃窜，由欢叫变成了哀怨。躲过木棍子，老母鸡偏着头望着主人，它一头雾水，因为它不明白这是怎么了，多少年了，每天总是毫无保留地向主人奉献自己一个卵，累得身上的羽毛都光秃了，到头来还要挨打。

"你这畜生，啥时候学会糊弄人了！"老太婆生气了，高声训斥着。

"咕、咕、咕……"老母鸡郁闷了，垂头丧气地小声嘀咕着。

"嘻嘻，嘻嘻——"狗蛋开心了，手里握着带着温度的鸡蛋偷偷地笑着。

就在前几天，狗蛋突然变得不再活泛，吃饭少了，睡觉不踏实，放学回来就坐在矮凳上发呆。这可急坏了奶奶。

"蛋儿，哪里不舒服？"奶奶急慌慌地问。

"哪都好！"狗蛋说。

奶奶伸手去摸额头，凉丝丝的不见烫。

"这咋就好端端的蔫了呢！这……"奶奶自言自语，手里拿着一团面，竟忘记了自己正在做午饭。老太婆的丈夫在一次意外中英年早逝，她从39岁就开始守寡，一个女人撑起了一个家，以牺牲自己为代价延续了一门香火。一直以来，我都无法想明白，这个年迈的老太婆，曾经一个朴实无华的乡村女人，靠一种什么样的信念，用一种什么样的毅力，以一种什么样的方式，用柔肩挑起重担，直面现实，在岁月的长河中艰难跋涉。远望乡村，层层梯田，蜿蜒的小道，美丽而静默，就如一首诗，宛如一幅画，然而身为其中人，真实的生活不是诗，更不是画。对于一个没有男人的家来说，无情的现实、艰辛的日子就如雷鸣般会从身上轰轰隆隆地砸过，苦苦劳作，省吃俭用，养大儿子，为公爹公婆养老送终，生活的苦难让她早已忘记了性别，独自承受了太多，也学会了很多。最终奶奶凭直觉"确诊"，孩子是丢魂了，需要为蔫了的狗蛋儿喊魂。

"狗蛋哟——回家喽！"

"回家喽——狗蛋哟——快快回家喽！"

"喊魂"作为一种民间习俗，且真真实实发生在我们生存的这块大地上，历史悠久，流行甚广，覆盖多个国家和地区，不同国家，不同民族，语言各异，方法不一，版本众多。宋玉在《招魂》中说："魂兮归来！反故居些。"《中华全国风俗志》的解释为："小孩偶有疾病，则妄疑为于某地惊悸成疾，失魂某处。乃一人持小孩衣履，以秤杆衣之，一人张灯笼至其地，沿途洒米与茶叶，呼其名（一呼一应）而回，谓之叫魂。"这或许正是对"喊魂"这种民俗的权威记载。

"狗蛋哟——回家喽！"

"回家喽——狗蛋哟——快快回家喽！"

老太婆依旧在喊。声声喊，喊得夜幕低垂，喊得黄昏燃尽。此时，下田归来的农人陆陆续续地踏着青石小道进村，吃饱的牛羊陆陆续续地进村，黄狗黑狗白狗陆陆续续地进村。无论是人还是畜，对于这喊声早已司空见惯，自顾自忙，不去理会。一时间，人和畜，飞鸟和家禽等，各种各样的脚步声、吵闹声、欢叫声交织在一起，形成山村黄昏独有的声音，这是一天中声音最多的时刻，是夜晚来临前山村奏响的交响曲。等这些声音没有了，夜晚就真真切切地来了。山村没有夜生活，直到今天山村的农人还延续着千百年来"日升而作，日落而息"的习惯，如果没有特殊事件发生，山村里总会鸡入窝，牛进圈，人归家，无论是人还是物都会将整个夜晚结结实实地留给那些需要夜晚的生灵，他们轻易不会去打搅，因为他们懂得夜晚不该属于他们。

"狗蛋回来喽——回来喽——"

"我家狗蛋儿回来喽——"

伴着这一声似乎夹杂着喜悦的喊，仿佛是谁突然按下了静音键，老太婆的喊声停了，整个山村仿佛失声般回归属于夜的宁静。

黑暗中，我坐在某个角落，眼前似乎再次出现那个坚强的老太婆,一身布衣,白发苍苍,她正手扶门框,做着一副翘首期盼状在高声呼喊,那声声喊在耳边久久不散。或许另一个狗蛋儿真的被老太婆喊回家了,或许此时矮凳上坐着的狗蛋儿又活泛了,正在大口吃饭。

对于诸如"喊魂"这样的乡村民俗,我们自认为已经很文明的人总会拿着"文明"去嘲讽其"愚昧",更会拿着"科学"去抨击这属于本不该出现的"迷信"。或许乡村人确实是愚昧落后的,千年的传承,在他们心里,人活着是有灵魂的,所以乡村人多是善良的,本分的,做人或做事,不光想到要对得起自己,还要对得起自己的灵魂。

狭 路 相 逢

开车行走在原野是一件非常愉悦的事儿。

黄昏时分,太阳疲倦地躲进苍茫的群山之后,一抹余晖将道路镀上了一层金色的光,远远望去就如缠绕在山间的一条金色的丝带。几只蝙蝠或许是太饥饿了,它们等不及夜幕拉上,就开始出动了,盘旋在洒满金色余晖的长空,寻找着猎物。

刘新元打开车窗,让自然风吹进来,他感到难得的清凉。当爸爸两个月了,幸福的心情依然不减。他将一张童歌光碟放入车载播放器里,一首《摇篮曲》如水般缓缓地流出,开着车听着《摇篮曲》,他想此时孩子应该睡醒了,应该换尿不湿了,应该……尽管和孩子分开还不到一个小时,但确实有点想孩子了。其实,他很不情愿让妻子抱着孩子回乡下娘家,妻子说:"你真是多余担心,我爸妈将我们兄妹三个养这么大,难道不比你会照看孩子,你担心啥啊!"

是啊,孩子去自己的外公外婆家能受啥屈呢。他想着就加快了车速,此时最后一抹余晖消失,天彻底暗了下来,刘新元打开了车灯。

远远地,刘新元看到有一高一矮两个人站在路边挥手,走在他前面的车辆经过时不仅丝毫没有停下的意思反而加足油门呼啸而过。就在前几天,电视新闻里有报道说,就在这条路上,夜里有路人拦车,好心司机停车,结果遇到歹徒持刀抢劫,主持人在最后专门告诫司机,在夜里如果遇到陌生人拦车最好不要停。

停还是走?刘新元犹豫了一下,只是一个闪念,就在接近两人时,他突然来了一个急刹车,停在两个男人面前。是的,他想捎他们一程。

"你们到哪里?"刘新元问。

"回城里,等不到班车了,能捎我们吗?"矮个子男人说。

"算你们好运,我刚送妻子和孩子回了娘家,车里就我一人,上吧。"刘新元说。

通过后视镜,刘新元看到矮个子男人,不仅身材矮小,而且秃顶,几缕头发就像墙头上几根荒草孤零零地长着,眼睛不大,目光四处游离。高个子男人穿着一件黑色的衬衫,敞着怀,露着浓密的胸毛,一股浓烈的汗臭扑面而来,刘新元把两个车窗开到了最大。

"哥们,你够怪的啊,怎么放着《摇篮曲》啊?"矮个子男人说。

"给孩子准备的,想孩子了就听听。你有孩子吗?"刘新元问。

"有,上小学。"矮个子男人说。

"当父亲是不是很幸福啊!"刘新元说着,通过后视镜看了一眼矮个子男人。只见他的头微微低着,手里不知何时多了一个黑色塑料袋。

"我家孩子两个月了,过去没有当父亲不知道,现在当了父亲才感觉到,是一件无比幸福的事情啊!"刘新元说着,陶醉着。"如今,心里装着满满的是亲情,肩上扛着的是责任,总想着努力工作,为孩子树立一个榜样。人啊,不管贵贱,在孩子面前都应该是正面的、积极的。如果孩子长大了,在众人面前不愿提起自己的父亲,那才是人生中一件最可悲的事情,你们说是吗?"刘新元说着通过后视镜看了一眼他们。

此时,两个男人都没有吭声。车里的音乐变成了《小星星》,委婉而动听:一闪一闪亮晶晶,满天都是小星星,挂在天上放光明,好像你的小眼睛……

突然,刘新元通过后视镜看到高个子男人推了一下矮个子男人,矮个子男人手里的塑料袋滑落,一把明晃晃的刀子露了出来,锋利的刀子似乎还闪着寒光,刘新元的心里一惊,但他没有慌。

"我看你们的家境应该不是很好吧。"刘新元说。"寒门出贵子,相信你们家孩子一定会很好。我也出生于农村,当时家里特别穷,父亲种着几亩薄地,操劳了一生,在我眼里,父亲是伟大的,因为他从不做违法的事情,他常常教育我们,人再穷也不能做对不起良心的事情。同样我的一个同学就很不幸,他父亲因为家里穷,就去偷盗,结果失手杀了人,进了看守所,因为这样一个父亲,我的同学一生都活在阴影里,在人前总抬不起头来啊。"

"咣当——"刀子掉在车内,发出一声响。

刘新元通过后视镜看到两个男人好像在暗中争执,表情很复杂。

"停车!"从没有说话的高个子男人此时突然开口了。

"你们不去城里了吗?"刘新元问道。

"不去了。"高个子男人说。

"这是为何啊,马上就到了,你们再坚持一会儿。"刘新元将车开得飞快。

"停下,如果你再不停下,我就对你不客气了。"高个子男人喊道。

"哈哈,看你说的,我好心捎你们回城,你们怎么对我不客气呢。"刘新元说着没有停下,反而加足了油门。

车如箭般向城里直射而去。刘新元通过后视镜看到高个子男人捡起了刀子,慢慢地向他靠来,刀子在车灯的映照下闪着寒光,就在刀子抵达他身体的刹那间,刘新元一手握着方向盘,一只手猛地背过来抓住了高个子男人的手腕。

"啊——"男人叫了一声,刀子再次落地。车也随之平稳停下。

两个男人见势不妙开门想跑,被下车后的刘新元踢翻在地,明晃晃的手铐已经将他们铐上。

"你是警察!"高个子男人吃惊地问道。

"是的,我是人民警察。其实从你们拦车的那一刻我已经看出你们就是前段拦路抢劫的凶手,算你们走运,抢劫'抢'到了警察,我们都是做父亲的人,希望你们不要让自己的卑劣行为影响到下一代,那样你们的孩子会一辈子也抬不起头来的。"

此时,已经可以隐约看到城里的灯火,车里的童歌成了《鲁冰花》:"天上的星星不说话,地上的娃娃想妈妈,天上的眼睛眨呀眨,妈妈的心呀,鲁冰花……"声音很大,传出很远。

刘成文的爱情

　　刘成文是个好人，至少别人都这样说。他人老实，有点古板，属于那种撒尿都会脸红的家伙。你不要不信，现在确实有这样的男人，他连续谈了 14 个对象，至今还没有拉过一次女孩的手，我一直怀疑刘成文是不是有病。

　　刘成文出生于农村，高中毕业后没有再上大学，很幸运的是他在市农机公司找了一份工作。每天不忙不闲的。春夏秋冬，总喜欢把里面的衣服往裤子里一塞，披个外衣，一大截裤腰带就张牙舞爪地露在外面。头发始终理得很短，黝黑黝黑的脸上还暴露着几颗冒出来的青春痘。他从参加工作就开始张罗着找对象，8年过去了至今单身一人。

　　其实在刘成文身边并不缺乏女孩，工作的环境中有没有我不知道，但我知道他业余上的自修班里，男女比例就严重失调，一个班 70 个学生只有 5 个男生，剩下的 65 个人清一色是女生，个个都很漂亮。

　　刘成文每次去自修班上课之前都能接到两个人的电话，一个是高艳，在班里是个打扮得有点妖艳的已婚女人。另一个就是单慧心，一个开着私家车的单身美女，出手很是阔气。

　　高艳很喜欢刘成文，上学期的一个午后，在刘成文租住的小屋内，高艳磨磨蹭蹭的不走，先是有一句没一句地向刘成文诉苦，说自己的丈夫多么多么的不称职，经常夜不归宿不用说，有时喝醉了回到家里还会揍她。刘成文听着听着时不时还安慰她几句："姐，你可真是受苦了，怎么能有这样的男人呢。"高艳说："是啊，姐跟着他已经受够了！"高艳说着眼里就泪汪汪的，用乞求的目光看着刘成文："你是姐见过的男人中最特别的，真的！如果你需要，姐什么都愿意给你。"高艳盯着刘成文等待他的回答，谁知，此时的刘成文坐在床边已经睡得一塌糊涂，口水流得很长。

单慧心喜欢旅游，尤其是开着车奔驰在乡村公路上，两旁绿草青青，开着音乐，那才叫拉风。每次去之前，单慧心就会去找刘成文。

刘成文每次都会很爽快地答应，不过在临出发之前，刘成文总是当着单慧心的面约法三章：第一，出去了，回不来，需要住宿必须登记两个房间，男女授受不亲；第二，白天一块旅游，车外活动，前后走可以，但不能拉手，不能相互靠得太近，晚上 10 点后彼此不再串门；第三，费用必须实行 AA 制。刘成文第一次说完这番话后，单慧心望了他半天，突然就笑了，轻声骂了一句，有病，真是个大傻瓜。她接着说："好吧，我都答应。"

后来，单慧心就习惯了，每次出去之前，只要刘成文一张嘴，她总是说："得了，什么也别说，我记得'约法三章'。"刘成文嘿嘿地笑。没过多久，单慧心就不再找刘成文了，她有了自己的男朋友。刘成文知道后，悄悄地躲在宿舍喝了一斤白酒，睡了一天。

后来刘成文的朋友魏冬又给他介绍了一个对象。刘成文去见了一面。女孩叫朱子青，在一家私营企业上班。魏冬给刘成文介绍的时候，眉飞色舞地说："兄弟啊，你就等着享福吧，朱子青能干得很，出国留过学，现在拿着的是硕士文凭，她父母死得早，如今单身一人，对你来说再合适不过了。"刘成文听着听着就下了决心，一定要将这次爱情谈成，人家都那样优秀了，自己还有什么不满足的呢。

　　没过多久,刘成文就把朱子青"甩"了,原因是刘成文发现朱子青曾经有过一次婚姻,不到一个月就离了,这让他接受不了。

　　"凭什么事先就不告诉我呢?"刘成文说。

　　"你真是个榆木疙瘩。"我说。

　　"榆木疙瘩就榆木疙瘩吧,反正我相信爱情,相信圣洁的爱情!"刘成文说。

　　8 年 14 次恋爱,相信圣洁爱情的刘成文至今单身。

寻找"宝典"

　　夏日,一个安静的黄昏。烈日缓缓地西沉,沸腾的大地慢慢安宁,城市的晚高峰似乎没有彻底结束,路上的车辆显得拥拥挤挤,远远望去有点儿无精打采,就像刘思纯此时的心情。

　　刘思纯坐在沙发上,他百无聊赖地翻看一本早已看了无数遍的《孙子兵法》。从商学院毕业后,他连续应聘了十三家公司,阴差阳错都没有被录用,他不甘心,感觉自己空有一颗不平凡的心,却过着最平凡的生活。

　　刘思纯翻看《孙子兵法》,并不是出于喜欢,他感叹古人的智慧,就这样一本薄薄的小书,六千多个字,却能穿越数百年历史云烟,被奉为兵家经典。

　　"商场如战场,会不会有一本像《孙子兵法》这样的书,专门传授经商秘诀呢。"无聊中的刘思纯,突然冒出这样一个似乎有点儿荒唐的想法。

"既然《孙子兵法》可以用在实战中屡建奇功,如真有这样一本经商的书,或许也可用于实战中所向披靡。"刘思纯想着,就开始上网查找。

在一个论坛里,刘思纯果真找到这样一条消息。他兴奋得失声喊道:"刘思纯,你真棒! 如果良机不来,就亲手创造吧。"他做了一个胜利的手势。

消息称,浙江有一位老人,翻修祖屋时,从一个墙洞中偶得一本书,书名是《从商宝典》。此书和《孙子兵法》类似,语言简短,篇篇实用。书中曰:得此书者,白手起家,不日即可成商界之首也。

消息后面有两条跟帖。第一位跟帖的网友说,此事确凿,只是这老先生很古怪,视金钱如粪土,拿着宝典不学,闭门谢客,外人一律不见。另一位网友说,还是功夫不到家,不平凡的人总会抓住一切机遇,拿出不平凡的勇气取得不平凡的成绩。

"太精辟了!"刘思纯自言。他非常认同最后一位网友的留言,只要功夫用到家,不信老先生不肯见。弱者坐失良机,强者制造时机,如今机会就在眼前,自己再坐失乎? 刘思纯做出了一个大胆的决定:奔赴浙江,寻找宝典。

这个决定听起来似乎很荒唐,在这个信息化时代,许多人浏览网上的消息,总会带着"问号",刘思纯不仅信了,而且还要去寻找,这不是傻吗? 不过生活中确实有一些敢于冒险的人,他们并不全是所谓的傻,而是有一种敢于"趟河"的勇气。

刘思纯一路奔波来到了论坛上说的村庄,无数次询问,得到的回答都是一样的:"不晓得。"直到他饥肠辘辘,也没有打听到老人的任何信息。

晚上，他拖着疲惫的身躯走进一家小饭馆，吃饭中，他无意中听到两个人正在说宝典和老人，这让他很兴奋。

"几位大哥，你们见到那老人了?"刘思纯凑上去，急切切地问。

"你也是来找老人，寻宝典的吧?"一位高个子中年男子说。

"对啊，你怎么知道。"刘思纯问。

那人笑了道："因为，我们也是，只是那倔老头把好东西糟蹋了。"

刘思纯不解。那人一声叹息道："那老人整天在村后面的山上练剑，把宝典烧了。哎，多可惜啊!"

怎么会烧掉呢? 刘思纯不解。不过既然来了，又知道了老人的住所，他想去探个究竟。第二天，刘思纯在山上见到了老人，他感觉眼前的老人并不像网友说的很古怪，而是很谦和。

他说明来意后，老人说的和小饭馆相遇的人说的一样，确实已经烧掉宝典，这是为了避免因为一本书生出事端。

看到老人认真的样子，刘思纯不得不相信眼前的事实，但他没有走。老人奇怪，便问："别人看到宝典成灰，都走了，你咋不走?"

刘思纯说："宝典成灰，但拥有宝典的人尚在，所以我不走。"

老人听了笑道："你够聪明，不过我想弄明白，你得到宝典的目的是什么?"

"我空有一颗不平凡的心，却过着最平凡的生活，我不甘心，所以我诚心前来寻求宝典。"刘思纯说。

老人说："小伙子，我喜欢你的聪慧，但你有一个致命的弱点就是很自傲。你必须明白，这个世界上平凡的人远远超过不平凡的人，而他们曾经都以为自己不平凡，不过我相信你会改掉。"老人说着递给刘思纯一张单子说："这就是你需要的宝典。"

原来，老人姓霍，是全国某最大的知名服饰集团公司董事长，总部设在上海，在全国分别设有 17 个子公司，论坛发帖，称得到"宝典"，只是该公司招聘人才的一个策略。他递给刘思纯的是公司的录用通知，职位是上海总部营销部总经理助理。

见刘思纯不解，霍总笑了说："小伙子，你能想到宝典，说明善于独辟蹊径；敢于相信一个论坛帖子，说明有足够的勇气；能坚持找到这里，说明有持之以恒的毅力。当然，这还不是我想聘用你的理由，最关键的是来的人心里只有所谓的宝典，一看宝典成灰，纷纷离去，唯有你留下了，说明你懂得坚持。"刘思纯这才恍然大悟。

刘思纯不是虚构的人物，是我最好的朋友，如今做营销工作在全国首屈一指。一次，在上海，我们一起吃饭，提到此事，刘思纯说，虽说公司的招聘手段有点儿另类，但现在想来，在浮躁的当下，一个人如果真能做到善于独辟蹊径，有足够的勇气，能持之以恒，懂得坚持，就等于拥有了最好的成功"宝典"。

深冬"七天暖"

北方的深冬很冷，太阳就如一块横切开的白萝卜片，没有一丝血色。

玻璃窗上，冰花盛开，千姿百态，晶莹剔透，为节日里的家平添了几分朦胧，几分喜悦。

屋子里,很温暖。地上安放着一个笨拙的铁炉火,炉壁上刚刚贴上去的大红"福"字,很是喜庆。炉膛里的火燃得兴高采烈,淘气的火苗子不时就悄悄探出头来,偷偷地看一眼后匆匆缩回。

炉台上,茶壶里的水开着,呼哧呼哧地吐着白色的热气,扯着嗓子不停地喊。地上,一只黄狗不语,静卧着。电视里播放着全国各地欢欢乐乐过大年的视频,笑声不断。

我们兄妹四个人陪着父母,边看电视,边张罗年夜饭,大家说说笑笑,很是开心。母亲一边包着饺子,一边望着地上的炉火说:"你们看这炉火多旺,多暖家啊,离很远就感觉身子被烤得热烘烘的。"

我接过母亲的话说:"当时我买这个铁炉火的时候,你们心疼说老贵了,现在看来还是买对了,每年冬天守着这样一炉火,我们再也不用过多担心你们受冻了。"

妹妹在一旁说:"哥,你还不知道吧,咱爸咱妈两个人在家可舍不得用这炉火,整个冬天就靠那小铁皮桶做的煤球火取暖。你说,一个小煤球火,别说取暖,就是想烘热手都得半天,咱爸咱妈的手和脚都冻了。"

"啥?"我听了妹妹的话,心里一紧。忙碌的父亲急忙插话道:"别听你妹妹瞎叨叨,她不在家咋晓得? 我和你妈每年冬天早早就烧上这大火炉子了,可带劲儿了。"

炉膛里的火依旧燃得兴高采烈,火苗子更淘气了,一蹦老高,去逗那茶壶,茶壶依旧冒着热气,不知疲倦地喊着。我抬头,望向忙碌中的父亲母亲,他们头上的白发又多了,额头上的皱纹又深了。

在乡下,我的父母和普天之下的农人一样,痴守着几亩责任田,他们为了养育我们兄妹四个成人,不知付出了多少艰辛,流过多少汗水。大冬天揣几个窝头，走几十里山路，到山里的石头缝里抠药材换钱，为的是给我们凑学费。记得小的时候，即使生活再拮据，每年过年，我们每人不管好坏都会有新衣裳穿，而他们从来舍不得，一身衣裳总是过几个年，直到风吹日晒辨别不清最初的颜色。

后来，我们兄妹四人，有了工作，进了城。父母为了让我们回家后能住得宽敞一些，年迈的他们，舍不得吃舍不得穿，一块砖一块砖积攒下来，修了新房。前年冬天，我回家后，感觉屋子里冰冷如寒窑，甚是心疼他们，就到镇上买了一个大铁炉子。冬日里，我每次打电话，总会叮嘱父母，千万要烧起那铁炉子。电话里，父母总是说，烧着呢，早烧着呢。

妹妹包着饺子，嘴不停，讲她的一位同事相亲，逗得父母不停地笑。我悄悄地溜出门，走到院外，特意看了看通往火炉子的烟囱下面，没有一点烟油。我又看了看院角放着的箩筐里，从炉子里刚刚清出的炉灰，里面还有引火用的秸秆。这个时候，我才真正明白父母的善意谎言。

欢欢乐乐的年过完了，七天假期已到，我们不得不一个个匆匆离开，回城上班。我走的当天，父母一路将我送出很远很远。送我时，母亲时不时就会用手去揉眼，我问母亲怎么了。母亲说："风太大，黄土迷了眼。"我知道母亲又在说谎，我分明看到母亲的眼里闪烁着晶莹的泪花。

我停下脚步，回头对父母说："爸妈，答应我，别熄了那炉火好吗，你们总是想着让我们做儿女的暖和些，你们知道我们做儿女的希望你们也暖和些，答应我好吗？"我几乎是用哀求的目光望望父亲，又看看母亲。父亲说："放心，我们一直烧着呢，不会让自己受了冻的。"母亲也在一旁帮着说话。

作为儿子,我知道,我们走后,那炉火肯定还会熄灭,他们一辈子省吃俭用,心里只有儿女,从来就不曾想过自己。火炉子买上三年了,每年冬天,他们心疼煤炭钱,宁愿手脚冻出疮来,也舍不得用。只有等我们放假回来的时候,他们才会提前一天烧起火炉子,我们放假七天,这个火炉子才会真正旺燃七天,三年了,每年冬天只有这"七天暖"。

走出很远,我回头。寒风中,年迈的父母还在村口站着。他们的身子前倾,不停地挥手,我的泪水再也无法自控,瞬间在脸上肆无忌惮地泛滥。

一件军大衣

深冬,风雪交加。

夜,寒冷的一个雪夜,大雪飞舞,滴水成冰。

"嘎吱、嘎吱、嘎吱吱……"突然,宁静的、刚刚沉睡后不久的村庄被一串紧张的脚步声惊醒。洁白的雪地里一个人影正向着一个农家小院飞奔。在他的身上已经披了一层洁白的雪花,他喘着粗气,口吐白雾,在深夜的雪地里朦朦胧胧的,就如一个快速挺进的雪球。

他来到一个农家小院的门口,稍稍迟疑了片刻,用宽大的手掌拍打了几下身上的雪花,迅速走近门口的警卫员。

农家小院的屋内,一个火盆烧得正旺。桌上一盏油灯拨得很亮,火苗儿跳跃着,突突突地向上冒着轻烟,灯光下一个人披着一件黄呢军大衣正在来回踱着步,他时而停下,时而走到桌前拿起铅笔凝思,桌子上铺着一张地图,上面已经用铅笔标注得密密麻麻的。

"报告!"

"进来!"

"报告首长,你找的杜春兰同志已经到了。"

"快,快让他进来嘛!"

警卫员出去后,来人夹着一股寒风进了屋。

"小鬼,快先烤烤火,外面一定很冷吧?"

"报告首长,一点不冷。"

"好,好嘛!"首长笑了笑接着说道,"今天黑夜有个紧急情况,要你到普头村,找到特务连的连长,把一封很重要的信交给他,你能完成任务吗?"

"保证完成任务!"

"好,很好! 不过小鬼,平时让你送信都是白天,现在是深夜,又下着大雪,还要你一个人去,你有这个胆量吗?"

"报告首长! 有! 因为我是本地人,路途熟悉,又有'飞毛腿'的本领,要说胆量我是全村胆子最大的。请首长放心!"

"千万马虎不得喽!"首长说着走到桌前拿出一封信交给了他。

火盆里的火苗跳跃着,简陋的小屋在火光的照耀下显得很温馨。

他拿到信后往怀里一揣,拔腿就准备往外跑。

"站住!"首长喊道。

他听到首长的喊声后停下了脚步,说:"首长,还有什么吩咐?"

首长过去拍拍他的肩膀，又捏了捏他的衣服说："小鬼，穿这样单薄，一定很冷吧！"说着就把自己身上的黄呢军大衣脱下来披到了他的身上。

他很紧张："不，不，不，我年轻，不怕冷，大衣还是首长穿为好！"他边说边紧张地往下脱，首长双手按住他的肩头很慈祥地说："小鬼，夜里行路，又下着大雪，冷得很哩，还是穿上吧！"看着首长真诚的目光，他最终还是穿上了大衣。

外面的雪越下越大，他穿着首长的军大衣，一股暖流涌向全身，怀里揣着信件，向着普头村疾步如飞。信件不到一个时辰就准确送到，回来后他想归还军衣，首长已经上了一线。

凌晨，雪停了，雨点般密的枪声在普头村外响起，只用了一袋烟工夫，我军就吹响了嘹亮的冲锋号。

"胜利了，我们又胜利了！"他在心里欢呼着，那是1938年的冬天。此后，首长的军大衣就像一件宝贝一直伴随在他的身边。

写到这里，这个感人的真实故事就应该结束了，按常理这应该是一个完美的结局。然而就在40年过后的1979年，那个金色的秋天，首长的女儿一路踏着父亲的足迹出现在这个小村庄，当她见到当年为父亲深夜送过信的他时，他已经由原来的号称"飞毛腿"的小伙子成了一位老人。老人见到首长的女儿，激动得热泪盈眶，握着首长女儿的手久久不愿松开。接着他找出了那件珍藏了40年依旧完好的军大衣。那是一件曾经温暖了他整整40年的黄呢军大衣，老人抱在怀里好久才松开，两行热泪也顺腮而下。最后老人亲手将军大衣交给了首长的女儿。

首长的女儿将军大衣带到北京后，没有留下，而是直接交到了中国人民革命军事博物馆。

今天，历经岁月的洗礼，那件黄呢军大衣依旧在博物馆内熠熠生辉,因为那不是一件普通的军大衣,那是朱德总司令曾经穿过的军大衣,那是一件温暖了一个普通游击队员整整 40 年的军大衣。

特殊的"传家宝"

外公活着的时候,村里人都说我的外公藏着宝贝,对此他从不否认。

外公确实藏着一个宝贝。那是一个小布包,藏得深,看得紧。用姥姥的话说,外公碰都不让别人碰,像是他的命。

外公每一次独自打开布包的时候,姥姥就会摆摆手让我们走开。我们知道,这个时候谁也别去打扰他,否则他会生气。过后,外公收好布包,眼睛总是红红的,很湿润。

1935 年 8 月,外公随军过草地时他才 14 岁。外公说,在部队中,他的年龄还不算最小,最小的才 11 岁,还是一位女战士。

当部队接到命令,向茫茫大草原进发的时候,像他一样的普通战士,并不明白眼前的草地会大得望不到边,更不明白为什么要过草地,总之有命令就必须执行。"作为战士,服从命令就是天职。"外公说,"当时,在部队中,信仰就如火种播在每位战士的心中,一切为了革命胜利,一声命令,就是上刀山、下火海也不会怕。"

高原缺氧,天气多变,风雨交加,饥寒交迫,折磨着每一个战士。当一脚踏进那一望无际的草地,每一步都如伴着死神前行。脚深深陷入沼泽泥潭,每抬一下都十分艰难,看似平坦的泥沼,其实暗藏玄机,一旦陷入,就会越陷越深,来不及抢救就会被污泥吞噬。

　　"你们无法想象那是多么可怕，草地里的天气一日多变，温差极大。早上，太阳出得晚，寒冷刺骨。中午原本晴空万里，烈日高照，突然就会黑云密布，雷电交加，暴雨冰雹铺天盖地而来。"外公说。

　　天下着雨，脚底下更软、更滑，稍不慎就摔倒，就会掉进泥沼里去。草地上到处都是河，即使是很小的河，也会有战士倒下。夜深沉，气温会降至零摄氏度左右，冻得瑟瑟发抖。战士们大多是单衣，加之多日断粮，身体十分虚弱。

　　外公说，那是一个雨后的夜，大家太困了，躺在泥泞中就闭上了眼睛。他被冻醒后，感觉身上很冷，一连打了几个响亮的喷嚏，身子软绵绵的不想动弹，他扭头看了看身边睡着的一张稚嫩的脸。外公转头的瞬间，又忍不住打了几个喷嚏。

　　"同志，你感冒了。"身边的那位战友闭着眼睛小声说。

　　外公说："冷，好冷！"

　　"真想烤烤火啊，在无边的暗夜里，一簇簇的篝火烧起来，我们围着熊熊的火谈笑着，湿透的衣服冒起雾气，洋瓷碗里的野菜'嗞——嗞'地响，那该多美啊……"那位战友依然闭着眼睛，小声说着。

　　"同志，你想家吗？"他接着小声问我的外公。

　　"想！"外公小声回答。

　　"俺也想！"他说。

　　接着就是长久的沉默，只有夜风呼啸地尖叫着。或许是后半夜吧，那位战友突然小声喊着我的外公："同志，同志，我……感觉不行了，饿，饿啊，你有皮吗，给我点吧，我太……太饿了……"

　　"我……"外公停顿了片刻后接着说："我，我没有皮，我也饿……"

外公讲着，眼里闪动着泪花，他说："你或许不晓得，他说的皮，其实就是牛皮腰带，断粮后，战士们就把随身带的牛皮制品切成小块，嚼着吃。"

风，呼呼地刮着，黑暗笼罩着大地。

"一定要挺住，要挺住！"身边的那位战友紧紧地闭着眼睛，不停地喃喃自语着。外公扭头想看看他，无边的黑暗，他什么也看不见。

"快看啊，看啊，那是一条多么宽阔的光明大路啊，大路一直通向遥远的陕北，通向陕北……"战友自语着，声音越来越微弱。

"陕北，陕北，陕北……"黑暗中，外公的泪水和泥泞交织在一起。

"那个晚上，那个战友死了，死了……"外公说着，低下头，泪水滴落在地，像绽放开来的花。

外公的布包，那个神秘的布包，外公的宝贝，直到他临终前谜底才解开。那是 2006 年的春天，外公唤我们到床前，他轻轻地打开布包，原来是一小段已经发了乌的皮带。

我们望着外公，他的手颤抖着，这个被病魔折磨了整个后半生的老人，眼里闪动着晶莹的泪花。

"其实，他不该死的，不该死的，那天晚上，我身上就带着这段皮带，如果当时我给他吃了或许他就不会死了，可是我没有，我没有，我第一次在亲爱的战友面前说了谎。"外公说着老泪纵横。

通过外公的讲述得知，那是他分到的一小段皮带，他舍不得吃掉，是想留着给受了重伤的副班长吃，因为在部队副班长对他最好。当晚身边的战友要皮带的时候，他犹豫了一下，最终没有给战友吃，让外公没有想到的是，在当晚，副班长也牺牲了。

因为没有拿出那一段皮带，因为在战友面前说了谎，这也成为外公这个钢铁般的战士最隐秘的往事，也成为他一辈子的内疚和心痛。

"你们一定要珍藏好它，藏好它……"外公将那一小段皮带交给我的母亲后，话没有说完就安静地闭上了眼。那是一个春天，原野里草木葱茏，百花开得争奇斗艳。

外公12岁参军，爬雪山、过草地，在硝烟炮火中，身上多处受伤，后来他默默选择归乡，后半生从没有离开过床。他自始至终心里都装着国家和人民，我的舅舅英年早逝后，他白发人送黑发人，家庭也随之陷入困境，好多人都劝他说："你为什么就不去找找上级呢，你是个军人呀！"外公摇摇头笑笑说："该知足了，我能活到今天，能吃上饱饭，比起战场上牺牲的战友们要幸运多了，再说国家现在正在发展经济，多一个人社会就会多一份负担呀！"后来的岁月他始终卧在床上和病魔抗争着，直到临终。

母亲说，她接过外公交给她的那段皮带，感觉沉重无比。是的，那不是一段普通的皮带，它承载着一个民族一段史诗般的血火历程，记载着一个红军战士一段艰辛的过往，传承着的是一个普通战士为了追求革命胜利、不畏苦难、不怕牺牲、勇往直前的伟大信仰，这信仰也是我们这个民族应该永远铭记的坚定信仰。

永远的二胡声

一望无际的麦浪中,弯弯曲曲的乡间小道上,父亲送女儿去北京。

"去吧,孩子！别怕,北京是咱的首都,就像咱的家一样安全。"父亲说。

女儿听了父亲的话停住了脚步,她用手轻轻地扶着背上的二胡说:"爸爸,您能告诉我妈妈在哪里吗?"

父亲用宽大的手掌摸着下巴,目光呆呆地望着一望无际的麦浪。他不知道此时应该如何回答女儿的问话,难道说她没有妈妈?假如这样说,女儿要是问,自己是谁生的,他又该如何回答?

"爸爸,您快说啊。"女儿望着走了神的父亲催促道,"从小您总是说妈妈在远方,在一个走路到不了的地方,妈妈到底在哪里?"

父亲轻轻地叹了口气说:"孩子,你长大了,父亲就不想再瞒你了,你的爸爸和妈妈都在城里。你爸爸是个很有名气的工程师,你妈妈是一家银行的会计。我并不是你的亲爸爸啊！"父亲说完这句话后,眼里涌出了泪。他看着女儿,他想女儿听后一定会很吃惊,甚至头摇得像拨浪鼓似的不信。他已经做好了充分的准备,打算告诉女儿十八年前的一切。可他没有想到,女儿听了他的话后很平静:"爸爸,其实这些我早知道了,村里的张伯伯已经都告诉我了。我一直不相信这是真的,今天看来确实是事实。

爸爸,今天我只想问你一句实话,您必须如实告诉我。"

"说吧,孩子。"父亲说。

女儿夸张地将眼睛睁得很大,问道:"爸爸,您说我漂亮吗?"

父亲先是愣了一下,然后说:"漂亮,你在爸爸的心中永远都是一只美丽的白天鹅。"女儿听了父亲的话羞答答地笑了。其实她知道,父亲是在安慰她,一岁时的重度烧伤,她的面部已经五官不分。她没有漂亮的秀发,没有弯弯的细眉,整个头部就像,像什么呢……她不敢想下去。可是她很知足,假如没有父亲,她很可能都无法活下来。当时医生说她的面部烧伤很可能会影响到脑部发育,要么痴呆,要么早早夭折。她的亲生父母花了好多钱,最后还是狠心将幼小的她遗弃了,是她现在的父亲当宝贝似的将她抱回了家。父亲从小没爹没娘,是个吃百家饭长大的孤儿,后来进城打工,攒了钱定了媳妇。因为她的出现,父亲的媳妇黄了。为了给她治疗,家里已经一贫如洗,十八年艰难的岁月啊,六千五百多个日日夜夜,如今不到四十岁的父亲已经像个老头。父亲的心血没有白费,如今的她不仅没有痴呆,而且愈发健康。

"爸爸,我不走了,我永远都不想离开你。"女儿含着泪说。

父亲生气了,说:"傻孩子,爸爸老了,你必须走,你应该去寻找属于你自己的幸福生活。你的二胡拉得好,京城里的残疾人乐队能要你是你的福气,待在乡下会毁了你的手艺的。"

女儿"扑通"一声给父亲跪下了,哭着说:"爸爸,求求您就让我留下照顾您吧,我学二胡只想拉给您一个人听,给您拉一辈子、一生一世!"父亲看着下跪的女儿,已是泪流满面。说实话他怎么忍心让女儿离开呢!但为了女儿的将来,他必须狠下心来。想到这里,父亲一跺脚说:"如果你今天不走,就别再认我这个父亲了,我也没有你这个不争气的女儿!"父亲说完,转身向村里走去……

女儿跪在麦田中茫然地望着父亲的背影。突然她从身上拿下二胡,一曲《报恩》拉得惊天动地。然而父亲没有回头。他听着女儿的二胡声,脚步越来越沉重,眼泪如线。但他不能回头,他理解女儿的心思,他也很想让女儿留下来,但他不能让女儿跟着他受苦。

二胡的声音越来越远。整整十里麦田,父亲走了一个上午。

到了村口,他仿佛又听到了二胡声,他停下脚步,屏住呼吸。是的,那是女儿拉的二胡声,整个村庄只有女儿才能拉出这样好听的乐曲,他的泪水再次如一串断了线的珠子,"我糊涂的孩子啊!"父亲自言自语着加快了回家的脚步……

一个多雨的夏天

这似乎是一个多雨的夏天。

不紧不慢的小雨就像生了根,发了芽,断断续续地下了三天,依然没有停下的迹象。侯东升醒来后,听着外面滴滴答答的雨声,有些烦闷。

他裹着一条毛巾被,眼睛迷茫地瞪着屋顶。简易的屋顶用横七竖八的施工模型板撑着,上面覆盖着几层黑乎乎的油毡。为了不让大风把油毡卷走,油毡上密密匝匝地压着红砖。

简易的大宿舍内散发着一股刺鼻的霉味儿,半碗隔了夜的剩饭,放在墙角,已经变质。完全裸露的砖墙,湿漉漉的,似乎能挤出大把的水来。地下铺着红砖,红砖上洒了薄薄的一层白石灰,用来隔潮。十几双黄胶鞋,没有规则地摆放在床铺下。

"天塌了吧!"一位工友坐起来嘟哝了一句,"扑腾"一声就躺下了,几根木棍支撑的大床铺发出吱吱呀呀的怪叫。

"你找死啊!"工友躺的动作用力过猛,压住了另一位工友的胳膊,另一位工友提出强烈抗议,骂骂咧咧地抽回了胳膊。

侯东升起身,去床铺头找自己的衣服。他想出去走走,他感觉自己就像被工友遗弃在墙角的那半碗隔夜饭,浑身上下都变了质,散发着浓烈的霉味,甚至自己呼出的气都是湿漉漉的,发霉的心就像一个变馊的馒头,开始发虚。

潮湿的环境内,原本宽松的汗衫就像长了手,紧紧地束绑在侯东升身上。那双黄胶鞋一夜之间也仿佛小了许多,死死地黏在脚上。他从墙角找出一把破旧的雨伞,走出了工棚。

外面的雨很大。一栋高楼起了半截,无数的长长短短的钢筋头直冲云霄,在雨中显得亮晶晶的,有点刺眼。如果不下雨,这栋起了半截的楼上肯定站满了人,无数顶安全帽伴着轰轰隆隆的机械声,还有工友们扯着嗓门的吆喝声。他们站在高墙上,边劳作,边唱信天游。在他们中间,有的工友已经在城里待了十多年,甚至更长。他们就像一群特殊的候鸟,每年开春告别妻儿老小,来到城里,冬天又会回到乡村。他们没有走进过KTV,但一步步升高的楼顶上,就是他们的乐场。他们可以怒吼,可以咆哮,可以唱着哭,也可以唱着笑。只要手不闲着,至于嘴爱干嘛就干嘛,就是站在墙头上像一个英雄般去演说,也没有人注意,更没有人管。他们的声音放在车水马龙的城市里显得非常微弱,微弱得站在楼下就完全听不到了。

半夜里,无数盏大灯会将整个施工地照亮,只要高楼不成,热闹的景象就一天不减。唯有雨能阻断这喧闹的一切。侯东升和大多数工友一样，既盼雨，又恨雨。为什么呢？盼雨，是下雨了他们可以美美地睡个懒觉，无休止的劳作可以得到短暂的休息。恨雨，是下雨了就意味着他们会没有工分。工分是什么？就是钱。他们从四面八方涌进这座陌生的城市，就是想多挣点工分，年底多拿点钱。

侯东升撑着伞，他不知道该去哪里，更不知道该干什么。路过一个天桥，桥下积满了水，飞驰而来的车辆，迅速通过天桥，荡起很高的水浪。

"你找死啊！"一位撑着小花伞的女人，被车辆荡起的泥水溅了一身，她怒气冲冲地骂道。侯东升突然觉得，城里人说话和他们其实没有区别，就比如这句"找死啊"，他这样说，工友们这样说，城里人也这样说。

拥挤的大街上，除了夹带着雨水飞驰的车辆外，行人并不是很多，每个人都显得很匆忙。侯东升感觉每个行人都和自己一样郁闷，只是他们的脚步快些，而自己慢腾腾的。这雨天他不知道该干些什么。去干些什么呢？他不知道。

在一个玻璃橱窗前他看到一则大大的广告："家，是温馨的港湾。"这是一则多么温馨的房地产广告啊！城市里到处都是这样的广告，侯东升觉得每一则广告都与他们有关，又无关。他们一年四季就像蚂蚁一样在钢筋与水泥的森林中，不停地修筑城市里的家。城市在一天天长高，变大，而他们没有家，他们家在乡下。

侯东升给乡下的妻子打了一个电话。妻子开心地说，家里也下雨了，庄稼灌浆了，天下了一场难得的透雨，真是好啊。侯东升在电话里骂，好个屁。妻子说，你个鞭打的侯东升，你个不要脸的侯东升,你变了,变得不再爱惜庄稼,变得像城里人了,变得……

"我真的变了吗?"放下电话,侯东升想,"我到底是城里人还是乡下人?"他抬头望着灰蒙蒙的天……

来自星星的你

清晨,完整的阳光被都市林立的高楼分割开来,四分五裂形成无数个光柱,一束阳光很倔强地穿过高楼的某个缝隙来到狮子巷,照在一户人家的窗户上,这户人家因有了阳光而显得生动起来,昏暗的客厅亮堂了许多。

宋雨涵就坐在窗户边,头发在阳光下镀了一层金。他打开电脑,望着窗外,仿佛在思索着什么。许久,一只鸽子拖着悠远的哨音飞过屋顶,或许是被那迷人的哨音惊醒,他开始刷新电脑页面,登录微博。

"到底是去澳大利亚?还是去威尼斯呢?好生为难,我对两地都很向往。"

发完这条微博后,他开始等待那蜂拥的"围观"者来"灌水",他相信用不了几秒,评论者就会无数。

他不断刷新着页面,迅速上升的访问量,不断变幻的数字让他眼花缭乱。他喜欢这样的感觉,他在享受着这虚拟世界带来的快乐,围观者越多,他越开心。

在网友眼里,他是真正的"高富帅",有花不完的钱,住着最豪华的别墅,享受着最奢侈的生活。他精通世界十多种语言。他每天都在为游玩犯愁，周游世界，书写微博仿佛就是他生活的全部。

他拥有百万忠实的"粉丝"，他会随时随地发微博，他给网友们讲述在纽约街头吃中国小吃，在巴黎的埃菲尔铁塔下看壮观的"星光闪烁"，在南非太阳城穿过"时光之桥"的情景。网友们随着他旅行的脚步畅想或互动。

"爆个照！"有网友留言。

"对，爆照！"别的网友跟着起哄。

他真的发出图片。图片中的他很帅，很阳光，总是一副笑眯眯的表情，仿佛微笑就是他五官中不可分割的一部分。

"你是都敏俊吗？你来自星星吗？"一个女孩留言问。

"都敏俊？"宋雨涵看到这个名字后愣了。

后来，他才明白都敏俊是韩国电视剧《来自星星的你》里的男主角。这部风靡一时的穿越剧，讲述的是一个叫都敏俊的外星人，生活到现代已经四百多年，保持着和初到地球时一样年轻英俊的外貌，并拥有着超凡的能力，因阅尽人世沧桑而封闭心门，直到遇到一个叫作千颂伊的地球女演员，才上演了一段学会爱与被爱的浪漫爱情故事。

"不，我不是都敏俊，是宋雨涵，独一无二的宋雨涵，我就生活在地球。"他回复。

"不，你就是来自外星，你英俊潇洒，精通世界十多种语言，我喜欢你，我希望自己是千颂伊。"对方说。

或许从那时起，"来自星星的你"仿佛成了他的另一个名字，越喊越响亮。有网友在论坛发帖："来自星星的你有了现实版，他的名字叫宋雨涵，精通世界十多种语言……"帖子如烈火般蔓延开来，而且火势越来越烈。

"这肯定是个官二代,要不他哪来那么多钱周游各国?"有网友说。

"应该查查这个人的老子,说不定是一只'大老虎'。"有网友说。

怒火从网上迅速蔓延到现实世界,报社和电视台的记者开始介入。

宋雨涵消失了,一个月没有更新一条微博,曾经那个露着阳光般微笑的男孩就如人间蒸发一般。网上追随他的粉丝们在疯狂地寻找他,现实中成批的记者在寻找他,甚至有高手通过微博锁定了他的确切地址:狮子巷。

这一天,大批的媒体记者涌进这个隐藏在都市深处,平时几乎没有人光顾的偏僻小巷。

这一天,大批的粉丝通过网上联络,集体组织而来,他们手里举着牌子:"寻找来自星星的宋雨涵!"

这一天,寂寞的狮子巷比以往热闹了许多,并不是因为媒体记者和网友的到来,而是有一户人家办丧事。灵棚搭在巷子口,哀乐声回荡在小巷中。

记者向路人打探"宋雨涵"。一位年迈的老太太听了,用手指指灵棚说:"棺材里装着的就是。"记者不解。老太太说:"整个小巷子就一户姓宋的,户主叫宋宇憨,外号叫'老憨儿',已经80岁了,十天前刚去世。"

"上帝啊,这怎么可能,'高富帅'怎么会是一个糟老头?"大家惊呼。

"如果真是如此,这个老头就是欺骗。"有网友指责说。

"你们找的宋宇憨就是他,不会有错。"一位中年女士说,"这老头子原来在大学里当教授,老伴死得早。两个女儿也出嫁了,他退休后，一个孤老头子很可怜。十年前就被查出癌症晚期，医生说他最多只能活半年，他却活了十年，每天足不出户，坐在窗边抱着一台电脑，仿佛吃了啥灵丹妙药，精神好得很。有人问他一个人怎么这样开心，他说，我每天都在周游世界，又有万人陪护怎么会寂寞呢！别人都说他疯了。就在十天前，他突然就过世了，没有任何征兆，死在电脑前。"

"电脑。"有人喊。

"对，这个主意不错！"

"对，只要找到他的电脑，就会真相大白。"大家纷纷响应。

在记者的苦苦哀求下，老人的女儿才同意打开父亲生前用过的电脑。电脑桌面上有一个文件包，打开后全是发出的微博内容，最后一条没有来得及发出：

"对不起，我确实不是'高富帅'，只是一个孤老头，是你们给了我十年生命，是你们给了我战胜病魔的勇气，是你们给我孤独的晚年带来了无尽的快乐，我真的很感激你们。我没有想到你们会寻找我，我感到害怕，感到恐惧，我不知该如何向你们解释，只想说：请求原谅，人人都会老，上了年纪最需要的不是金钱，而是陪伴，如果没有你们，或许我早已不在了。作为儿女请多抽出些时间陪陪年老的父母吧，其实人越老越像孩子，都有一颗好奇的心，渴望被呵护，渴望被关注。"

大家看完这段话后，不语，默默散去。

医 者 仁 心

有人怕得皮肤病，也有人盼着更多的人患上皮肤病。

赵德芳就是后者。

当然，这样说他有点不妥，因为赵德芳是小城一家名为"仁心医院"的皮肤科主任。自古就讲，医者仁心，悬壶济世。医者乃天之使者，在救死扶伤的同时，需心盼苍生安康无灾病。不过，人食五谷，不生病也不可能。医院并非慈善机构，尤其是仁心医院，作为一家私人开的医院，赵德芳虽说是皮肤科的主任，这"头衔"也是医院老板"封"的。当了主任意味着肩上多了责任，他必须对自己的皮肤科负责，平安不出医疗事故或纠纷，还得保证完成老板下达的经济指标。最近很长一段时间，皮肤科的病人越来越少，这让赵德芳坐卧不宁，为科里的指标完不成而担心。

为及时扭转局面，赵德芳组织全科里开会。会上，赵德芳为每一位医生护士都下达了任务，按职定标，人人肩上有担子，说白了，就是发动人人都要有揽病人的意识。

医生小黄说："头儿，你说这人都不得皮肤病，我们咋去揽啊，难道施些法子，让一些人患上皮肤病不成？"

"胡扯，医者仁心，我们即使完不成任务，也不能坏了良心，去干那违法害民的事情。"赵德芳怒道。

"看你，头儿，我也只是说说而已，你以为我真敢那样做啊，我还怕做了坏事，招来灾祸呢。"小黄低声道。

"我这样做,是想让大家进一步提高服务态度,把病人当亲人,用口碑赢得患者,增加我们的效益,明白吗?"赵德芳说。

"明白!"大家道。

散会后,小刘医生走进赵德芳的办公室,他说:"主任,我觉得咱们科的病人减少,根本原因不在内部服务,而是在外部有人使坏。"

"哦!"赵德芳抬起头,望着小刘问道,"你说说,怎么个外部使坏。"

"咱们医院对面的那家小诊所,你应该晓得吧。"

"知道的,怎么了?"

"那老头专治的是皮肤病,而且就开在咱医院的对面,这不是明摆着和我们抢病人,争利益吗?"

"这些我知道,很早我就给你们讲过,要主动给病人们介绍清楚,那是私人诊所,无证行医,属于黑诊所,无任何保障,故意夸大病情,图财害人。你们都做到了吗?"

"做到了主任,大家都做到了,我对每一位患者都是这样介绍的,我偶尔也观察大家,均是这样做的。"

"那就好,我们堂堂一个大医院的皮肤科,能让一家私人小诊所争得不能干,这不是笑话吗?"赵德芳说着,伸手扶了扶鼻梁上的眼镜。

站在自己的接诊室,赵德芳透过宽敞的玻璃窗户就能清楚地看到对面的小诊所,这个小诊所几乎和仁心医院同时存在,谁前谁后,赵德芳记不太清楚了,从他上任皮肤科主任后,就一直感到它的碍眼,就如扎进肉里的一根刺,动一动就疼。

开小诊所的老头,已经头发花白,看皮肤病属于祖传,老人的祖上几辈人,都是游街走巷的行医者,用赵德芳的话说就是野医生。靠几代人之经验积累,形成了一套偏方独技,虽说与现代化的医学仪器格格不入,但也能管些用,有时,现代医学无法诊治的皮肤病,老头靠一剂偏方就能治好。当然,有些必须靠仪器或现代医学手段治疗的皮肤病,老头也治不了。

一路之隔,赵德芳清楚地看到,对面老头的小诊所还蛮热闹,进进出出的患者不断。他似乎看到凡是走出老头诊所的患者,都会向他的方向张望几眼,这个发现让赵德芳怒火心中烧,他想如果没有猜错的话,这老头肯定给每一位患者都讲了他们医院的各种坏话,甚至是无中生有,添油加醋地讲,那些患者出门后,张望的眼神肯定是不屑的、厌恶的。

"这个老家伙!"赵德芳一时没有忍住,拳头猛地砸在桌子上。"看来,必须得下狠心采取行动了,再不能这样下去了,老头,你就等着关门吧!"赵德芳自言道。

果不其然,一周后,老人开的小诊所被执法人员查封了,当地报纸和电视台都发布新闻说,卫生执法人员出重拳,取缔了一家黑诊所。

看到这样的结果,赵德芳很开心。不过,奇怪的是他们科的病人不见其增,反而比以前更少了,这到底是为什么呢?赵德芳想不明白。

直到有一天,赵德芳和几个患者闲聊时,才得知,原来对面诊所的老头从来没有说过他们的坏话,甚至治疗没有把握的患者,老人总会热情介绍病人到对面的医院治疗,老人说对面的医院仪器先进,医术精湛,是一流的大医院。

"他真是这样说的吗?"赵德芳问。

"是的,确实是这样说的。"患者说。

后来,赵德芳又陆续问了多名曾经到过小诊所看病的患者,都是如此说。

赵德芳一下瘫坐在椅子上，他突然觉得自己从医二十年，从来就不曾真正明白什么才是一名合格的医生，什么才是真正的医者仁心。

一　袋　面

村东住着老滑头，村西住着高智商。老滑头像只老泥鳅，一句话绕三绕，绕得滴水不漏。高智商比起老滑头，似乎更厉害些。

这天中午，村中的古槐广场上，老滑头遇上了高智商。老滑头躲闪不得，只好挤出一个不到位的笑去相迎。

"我说老哥啊，听说有人为了当村主任，下血本了？"高智商掏出一根烟，给老滑头点上。

老滑头微微一愣，抽了一口烟道："你说这天咋这样热呢？保不准得下雨。"

"老哥啊，你是不是也得了一袋面呢？"高智商盯着老滑头问。

"是啊，粮店的面又涨了一块钱。我刚买了一袋，这物价啊，只涨不降。"老滑头道，接着反问，"老弟啊，你家应该也有一袋新面吧？"

"唔，是'精白粉'……"高智商漫不经心地说着。

"啥？'精白粉'？给你家的是'精白粉'？"老滑头直着脖子问。

“你家不是吗?”高智商反问。

“不,不……”老滑头结结巴巴。

高智商嘿嘿地笑了:“老哥啊,你说一个人有钱,一个人能干,你选谁呢?”

“人家有钱与我何干?”老滑头说。

“兴许你能沾点光呢,比如给你送袋面啥的。”高智商说。

老滑头冷笑道:“俺就值一袋面?”

“那倒是,你绝不会被一袋面收买的。老哥你处事,我打心眼儿里敬重。”说罢扬长而去。

老滑头感觉很舒坦,转念一想又觉得不对劲,忙追上去道:“老弟你可真会开玩笑,我啥时告诉过你,我收了一袋面呢?”

其实高智商是专门试探老滑头的,他已试过不少人,得知二蛋子为了拉选票,给每户都送了一袋面,而且都是“普通粉”,当然他收到的,也并非“精白粉”。

很快,村民们就私下传开了:二蛋子给别人送的竟然是“精白粉”!

选举结果……不说你也知道。

脑 后 有 眼

城东的刘老二后脑勺长了一只眼。

这真是千古奇谈,一夜之间,从城东传到了城西,家喻户晓。

刘老二原名叫刘德发,只因排行老二,人们习惯喊他“刘老二"。

刘老二是个健谈的人，几个人在一个小酒馆里喝酒，有他最热闹，不用猜拳行令，不用杠子打老虎。他会找各种理由让在座的每一位都喝得舒舒坦坦。从他嘴里说出来的理由，每一条都充分得让你推不掉、辞不得，最后不得不喝。

刘老二的命运似乎很好。五年前，在城东最繁华的地段，没有费多大的劲儿就租了一个宽敞的门面，开起了超市，雇着两个小丫头照看，自己只用进进货，晚上去一趟超市收收款。每天逍遥自在，喝喝小酒，搓搓麻将，从来没有缺过钱，认识他的人或多或少都有点嫉妒。

现在挣钱多难啊，他每天还在被窝里睡觉的时候，大家就得急匆匆地去赶车。凭什么上天对他那样好，凭什么他每天逍遥自在就不缺钱，凭什么他开的超市就那样红火，一些认识他的人私下里这样说。

现在，刘老二后脑勺又长了一只眼。据城西的王小山说，自从他后脑勺开了眼后，他不仅可以看清前面的路，还可以看清后面的路。俗话说，人没有长前后眼的，别人只有两只眼睛，凭什么他就后脑勺长了一只眼，老天真是不公平。

李伟伟说，上天也嫌贫爱富，刘老二够美的了，每天逍遥自在不缺钱，凭什么如今他后脑勺又长一只眼睛呢？是啊，凭什么呢？

传言就像风一样，越传越神秘，越传越邪乎。有人说，刘老二自从后脑勺长了眼睛后，打麻将从来没有输过，前几天刚刚坐飞机去香港，一夜之间赢了 300 万。

有人说，刘老二自从后脑勺长了眼睛后，可以准确地看清楚股市的走向，几天炒股下来就挣了 100 万……

岗子是刘老二最要好的朋友，听说后，就给刘老二打电话说：

"二哥,指点指点吧,也让咱炒股赚一笔,翻翻身。"刘老二在电话里笑笑说:"别人造谣,你也相信啊,二哥我要真有那本事,就不开超市了。"岗子说:"如果一个人说我不信,关键是大家都这样说,你是不肯帮兄弟吧?"刘老二说:"岗子,你怎么不相信我呢,如果我要真有那样神,我不帮你,帮谁啊!"岗子听后笑了说:"算了吧……"他不等刘老二解释就挂了电话。

岗子的媳妇说:"你就不应该打这个电话,人家刘老二现在是谁啊,连从小和他一起长大的霍东都不理了,怎么能看得起你这样的穷老弟呢?"岗子怒气冲冲地拍了桌子说:"不就是长了一只后眼吗? 有什么了不起的!"

霍东从小和刘老二一起长大,后来霍东去了另一座城市,赌博成性,小日子过得紧巴巴的,曾经多次来找刘老二借过钱。刚开始刘老二还借给他一些,没有想到,霍东没完没了,而且借了就赌,一赌就输,见借不见还。

后来刘老二不借了,躲着他不见。这一天,霍东给刘老二打电话说:"二哥,我的好二哥,我这次不找你借钱了,你带我去一趟香港吧,借借你的后眼,等小弟我猛赚一笔,到时候借你的钱,加倍还。"刘老二说:"霍东,你也半辈子的人了,怎么就不学好呢,我就是真有后眼,也不借给你。"说完他就挂了电话。

岗子是在一次无意中遇到了霍东。岗子先上下打量了一番霍东说:"霍东啊霍东,你一起长大的哥都开了后眼,挣的钱银行都放不下了,你现在还是这样穷啊。"

霍东"呸"的一声朝地上吐了一口痰说:"别提他,有什么了不起的,不就是长了个后眼吗,人都变成妖精了。"岗子笑了笑说:"就是,凭什么啊!""是啊,凭什么啊!"霍东也说。

那天,在一个小酒馆,岗子和霍东第一次喝了一场酒,结成了新的联盟,秘密制定了一个惊人的决定:杀死刘老二。

这是一个风高月黑的夜晚,刘老二在邻居家打完牌出来很晚了,他只用穿过一个胡同就到家。他没有想到岗子和霍东,曾经他最好的朋友,盯了他的梢,正在胡同里等着他。

当刘老二走进胡同后,霍东果然看到他后脑勺的眼睛,在朦胧的街灯下,还发着亮光。岗子也看到了,小声说:"原来所有的传言都是真的啊,他真开了后眼。"霍东说:"既然他不认咱们,咱们还等什么啊,干死他,凭什么他的命运会那样好!"

岗子说:"对,干死他!"

霍东一个箭步就冲了上去,对着刘老二的胸前砍了数刀,鲜血"呼"地一下喷涌而出。

刘老二倒下了,倒在了血泊中。倒下后他看清楚了霍东,也看清楚了岗子。他吃力地捂着胸口说:"你们这是……"

岗子没有言语,用手翻转了刘老二的头,借着朦胧的街灯,他才看清楚,其实在刘老二的后脑勺上根本没有长什么后眼,只是掉了一片头发,露出了洁白的头皮,形成了斑秃,看上去像长了一只后眼。

一 株 庄 稼

昨晚滴滴答答下了一夜小雨,天亮时分说停就停了,停得十分干脆利落。

高老憨醒了,他的开门声惊醒了一个村庄。

院子外的空气是湿漉漉的,大地是湿漉漉的,就连村庄边上高高隆起的柴垛也是湿漉漉的。高老憨背着手穿过湿漉漉的柴垛,走在湿漉漉的乡村小路上,由近到远走成了一个湿漉漉的、虚幻的影子,成为山的一部分。

按常理下了一夜的雨是不能下地的,但高老憨去了,他想去看看自己的庄稼。他就像和田地有一个终生的约定,一天看不见土地都会心慌。

老憨从地里转悠了一圈回到家后,用刚提上来的井水很畅快地洗了一把脸,正准备端碗吃饭,村主任小段走了进来。

小段进门后就喊了一声:"叔——"

老憨咧开嘴笑了笑说:"是主任啊,快进屋里坐,有啥事吗?"

小段赔着笑说:"叫啥主任啊,以后就叫我小段吧。"他说着从衣兜里掏出烟,抽出一支递给老憨。老憨有点激动,手抖动了一下,烟没有拿稳掉在了地上,小段急忙弯腰帮老憨捡起来,这次他没有递给老憨,而是直接放到了老憨的嘴里,还用一次性打火机亲自为他点了火。老憨看着眼前这个和自己的儿子一般大小的主任,激动得嘴动了几下没有说出话来。

小段也点了一支烟,吐出一口雾说:"有件好事找你商量哩!"

老憨夹着烟问:"啥好事?"

"叔,不瞒你说,你要发大财了,换句话说咱黄河滩村都要发大财了。"小段说。

老憨听着糊涂起来,问道:"到底是啥好事啊,别云里来雾里去的。"

"咱们村后的神山凹那里全是土,对不?"小段说。

"对啊,那是咱们村最好的土地哩。原来神山凹是一片荒坡。四十年前,村里的男女老少齐上阵,用了整整五年时间才开垦出来,当时狗娃、铁蛋、六顺、宝珠、发福、金海,这些人按照辈分你都应该叫爷哩,他们都死在了那片荒坡上。神山凹是六条生命换来的土地啊!如果没有神山凹,黄河滩就不会有今天的人丁兴旺。"老憨说。

"俺听上辈们说过,大冬天吃不饱,还没有穿的,村里人赤脚站在雪地里忍着饥饿开垦神山凹,铁蛋爷和六顺爷就是为了抢吃土里的草根被塌方下来的冻土压死的。"小段说。

"是哩,是哩!你娘到现在都只有七个脚趾头,你知道是为什么吗?就是当年冻掉的,她当时只有十几岁。"老憨说。

"叔,我今天找你来,有一件大事和你商量,就是关于神山凹的。前天,城里一个投资商来村里,他看上了神山凹,想在那里修一个避暑山庄,到时候咱们村里的劳力都不用种地了。"小段说。

老憨说:"你说啥?要到神山凹修山庄?你同意了?"

"是哩,是哩!叔,这可是大趋势啊,别的村都在争,我是磨破了嘴皮子,才争来的一个项目,如果真能实现的话,从今往后咱们村祖祖辈辈就不用靠种地过日子了,就可以依托山庄致富了。叔,这是一件大好事啊!"小段说。

"好个屁!"老憨火了。

"庄稼人不种地,吃啥,喝西北风啊!如果开发神山凹,俺坚决不同意。"老憨说着站起来,很是气愤地出去了,他不听小段的解释,他也不需要解释,种了一辈子地,他知道庄稼人离不了土地。

小段没有得到老憨的同意,但这丝毫没有影响他的进程,村民代表大会、党员大会召开后,没有想到大家竟然一致通过,几乎全村人都同意,尤其是村里的年轻人更是积极支持。

老憨在村里成了孤独者。他去找福庆的爹，福庆爹说："你就别瞎操心了，就让人家年轻人去干吧，如果不种地坐在家里领钱也不是啥坏事。"

老憨说："兄弟啊，我始终就弄不明白，你说庄稼人都不种地了，吃啥？现在都在开发，从城里蔓延到了村里，如果都不种庄稼了，土地都盖成了房，会饿死人的。"

"老弟啊，你多虑了，咱们黄土都埋了半个身子，管不了那么多了，爱折腾就让他们折腾去吧！"福庆爹说。

走出福庆家后，老憨感觉有一种莫名的失落。此时，推土机已经排着长队开始进驻神山凹，山庄的建设正式开始了，老憨病倒了。

后来，老憨死了。按照他临终的吩咐，儿子把他埋在神山凹脚下。

神山凹的避暑山庄正式建成后，原本寂静的山庄热闹了起来，一批批城里人开始走进山庄。正如村主任小段说的那样，黄河滩村里的村民们不用再种地了，女人们经过培训后在山庄当起了服务生、清洁工、表演员，男人们当起了保安、消防员，总之人人有事干，原本明晃晃的锄头生锈了，犁铧成了山庄的展览品。

又是一个金色的秋天，天高云淡。人们惊奇地发现在老憨低矮的坟头上长了一株庄稼，孤独而健壮，据说这是黄河滩村最后一株庄稼。

你是我的安眠药

　　黑暗中，吴得龙没有开灯，他端着一杯凉开水，摸索着轻轻地拉开了厚厚的窗帘，希望有一丝光亮进来，然而明亮的窗玻璃此时一片朦胧。

　　失眠，严重的失眠，接连无数个夜晚，那种难受就像满床落了针。

　　曾经有过失眠的经历，是在新婚后。

　　吴得龙和妻子是偶然邂逅的，他总是说和妻子相遇是天意。他独身在桂林阳朔的一个山谷里，当地导游说里面居住着地地道道的原始人，走过路过就不要错过，看一次能明白自己遥远的过去，不看会后悔一辈子。其实人类进化到现在，别说旅游胜地阳朔，就是茫茫原始森林里也很难觅到原始人的踪迹，都是一些表演者在山谷里作怪罢了，大家明知上当也情愿，出门旅游图的就是开心。

　　在山顶上，有个简陋的舞台，一个光着上身、下体裹着兽皮的家伙，出场后鼓着腮帮子，一言不发，对着手里的火把猛地一吹，"呼"的一声，一个火球从嘴里喷出老高，游客们发出一阵阵畅快的惊呼，由于吴得龙坐在最前排，表演者故意对着他的方向吹，他身边的一位女子吓得一声尖叫后，用手捂着眼睛猛地靠到了他的肩膀上。吴得龙扭头看去，眼前不由一亮，靠着他的是一位美女。

　　后来美女成了他的妻子。

美女确实很美，美得让人怜惜，美得让人心疼。然而美中不足的是，美女晚上一闭上眼就鼾声雷动，就像一块美玉多了一处让人讨厌的瑕疵。

晚上，他看着身边躺着的娇滴滴的妻子咕嘟着樱桃小嘴，小鼻子扇动着，发出雷鸣般的鼾声，自己就如一尾缺氧的鱼。喜欢在没有任何声音的环境下睡觉的他开始严重失眠，新婚后他服用安眠药强忍了一个月，最后忍无可忍就和妻子干了一仗，闹腾到了离婚的地步。

朋友们都劝说，吴得龙你就正常点吧，多好的一个媳妇啊，因为这小小的鼾声就闹着离婚？这也有点太离谱了吧。他的妻子更是委屈，当初海誓山盟的，说什么有难同当，今天有一个小缺点他都忍受不了，现在不得不怀疑他当初是不是真的爱我。小夫妻你争我斗一闹就是三年。

孩子出生后，他要上班，妻子和孩子没有人照顾回了娘家。他去送妻子的那天很是开心，心想受了三年鼾声之苦，终于可以安静一段了。晚上他一个人就像个孩子似的在床上欢畅地翻了几个滚，然而他失眠了。

接下来几天，他又开始服用安眠药。夜半，迷迷糊糊中他会突然醒来就像丢了什么似的坐起来寻找。连续遭受数日失眠痛苦的他想到了妻子，想到了妻子的鼾声。

他去了岳母家，他拿一台微型录音机。妻子问："你干吗？""我想要你的鼾声！"他说。妻子瞪着吃惊的眼睛问："你真要和我离婚吗？现在我们已经有了自己的孩子！""不！我现在终于明白我已经离不开你的人，更离不开你的鼾声，我录下你甜美的鼾声，想在晚上伴着它入梦！"

妻子听了后眼里闪动着晶莹的泪花，一下就扑到他的怀里说："你终于可以真正接受我了,其实你也……""我?"吴得龙问。"是的,你睡觉后老磨牙,磨得让人心烦意乱!"妻子说。"为什么从没有听你说过?""因为我爱你!过去我睡眠不好,听着你的磨牙声反而感觉睡得踏实,睡得安稳!你听……"妻子说着拿出自己的手机,打开了录音,里面传出一阵阵磨牙声,磨得那样的可笑,那样的响亮,那样的不堪入耳……

妻子说:"这就是我的安眠药!"

人生会有几条路

三年前林春花高考考得不够理想。

她爹的意思是,书干脆别念了,村里老魏家的闺女高中没有念完就扔了书本下了广州,学美容,在广州自己开了一家美容院,大把大把的票子往家里送。冬孩家的儿子倒是念完高中上大学,冬孩为了供儿子念书,活活地脱了一层皮,结果毕业了还是个无底洞,每天背着简历在城里到处找工作,你说这上大学有啥用。春花爹说得很激动:"闺女,咱就认命吧!"

林春花不听,眼一瞪,第一次和父亲发生了激烈的争吵:"命命命,俺就不信啥命,你们说老魏家的闺女好,就不看看她回来的时候带的对象比她爹都要老!"

春花娘听了去,忙插嘴说:"天杀的哟,你就不能小点儿声,要让你魏大爷听了去可咋整!"林春花听了母亲的话后,声音非但没有减弱,反而更大了:"明摆着的事情为什么不让说!"

最终父亲没有拗过闺女，分数不达线，父亲就狠狠心背着自家养的几只正在下蛋的老母鸡，一路"咯咯蛋、咯咯蛋"坐着火车进了一趟城，找到他一个在林业局当临时工的表姐夫，托关系给林春花找好了一所技校。选择专业的时候，春花选择了旅游管理。当时春花爹很不赞成这个专业，他说就是学个服装裁剪也比这旅游管理强，人家旅游你去管什么理啊，这不是吃饱了撑的吗？但春花很满意。

"哎！闺女大了不由爹啊！"为此，春花爹挨着春花娘躺在床上整整感叹了一个晚上。

学业完成，临近毕业的时候别的同学忙着找工作，春花有点儿慌，现在招聘一个导游的条件都变成了本科以上学历，而自己只是一个普通的技校中专生，首先在学历上就输人一等。新闻里说一家私营企业招聘一个文员能吸引5000多名大学生报名，多恐怖啊！林春花给自己的同学刘雅路说这番话时，刘雅路正在对着镜子"嘻嘻""哈哈""嘿嘿"练习微笑，刘雅路同样来自乡下，她最近在校外接受训练准备参加全省的模特大赛。

刘雅路曾经动员过林春花，让她也参加，论个头和身材林春花绝对符合条件，但春花死活不去，说："我才不会去当什么模特，整天光着身子穿着内衣让别人看，杀了我吧！"

刘雅路说："天啊，你怎么现在还有这种思想？模特怎么了，模特也不是你想象的那样不好，要是咱爹是市长，咱就不来上这个烂学校！"一句话说得林春花无言以对。

其实林春花很想再上本科，接着再考研究生，但现实又不允许她这样做，在她下面还有一个正在读高中的弟弟，为了姐弟俩，父母愁得恨不得砸碎自己的骨头卖钱。现在她不得不暗自佩服老魏家的闺女，高中没有毕业就独闯广州，能自己当上老板，不管人家找的对象年龄有多大,关键是很有出息。要知道在三年前她对老魏家的闺女还心存鄙视,现在竟然开始暗自佩服,林春花对自己的变化暗暗吃惊,原来人是年龄越长就越现实。

刘雅路如期参加了全省的模特大赛,一路过关斩将夺得亚军,隆重的颁奖仪式上,刘雅路和冠军双双站在流光溢彩的大舞台上,在鲜花的簇拥中,刘雅路穿着娇小的粉红色泳装,一脸灿烂的微笑,在强烈的灯光下和一丝不挂没有区别,林春花突然感觉穿着泳装的刘雅路其实也很美,就像公主,这种感觉让她的脸微微有点发烫。在颁奖仪式上,模特大赛的赞助商,一家知名品牌服装企业的老总当场宣布,获得冠亚军的选手,从明天开始就是该公司的形象代言人,林春花听了比刘雅路还激动,感觉舞台上站着的不是刘雅路,而是自己,她瞬间陶醉在鲜花的簇拥中……

后来,林春花走出校门后去了广州,据说走的时候哭了一个晚上。

在广州她应聘到了一家美容院做起了美容,老板正是老魏家高中都没有毕业的闺女。

娘的富贵观

多年前,我采访过一位青年企业家。

企业家的住所,在北方一座小城的郊外。环境幽静,绿树成荫,花香环绕的大别墅内,霸气的水晶吊灯,高贵地站在洁白的天花板中央,四周环绕着无数盏如星辰般的小灯做点缀,形成众星捧月之势。通亮而柔和的光，很均匀地洒在客厅的每一个角落，装饰考究的客厅，在灯光的辉映中，显得更是富丽堂皇。

企业家很悠闲地坐在宽大的真皮沙发上，旁边镂空雕花的红木茶几上，放着一杯咖啡，浓香在四周弥漫。企业家的年龄并不算太大，只比我年长一岁，一个真正意义上的"富二代"。现在的他早已功成名就，驰骋商界。

据说，企业家的爷爷就是一位精明的生意人。有传闻说，在当时，即使是最普通的南瓜，只要经这老爷子的手，就能高价卖给"洋人"，赚回美元。总之，他的整个家族都是商界精英。丰厚的家族背景，海外留学归来的他，子承父业，在上海、广州等地，生意做得很大，涉及制药、餐饮和房地产等多个领域。

当晚，简短的采访，被企业家的母亲打断了四次。这个生活富有、气场十足、浑身珠光宝气的阔太太，因为次日要和他的几位朋友，也就是她交往的一帮"贵妇人"们吃饭，她需要精心地准备，这是大事。

阔太太不停地试衣，乐不知疲地尝试着搭配不同的风格，到底是高雅端庄的贵族风，休闲清新的生活风，夸张跳跃的混搭风，还是温婉动人的少女风，她拿不定主意，四次走出卧室，打断我的采访，在客厅的地毯上，很夸张地扭来转去，让儿子帮着参考。或许是受到这位阔太太的影响，当晚，我完全无心去采访，满脑子都在想乡下的老娘。

从年龄上说，我乡下的娘和这位老太太相似，但在完全不同的生活背景下，两位老太太完全走在两条截然不同的轨道上。就在阔太太不停地试衣时，我在想，我的娘此时会在做什么呢？这似乎不用去猜想，一盏瓦数不高的节能灯下，娘肯定端坐在一个小矮凳上，眼前是一个如满月般的笸箩，笸箩里是金黄的玉米棒儿，还有珍珠般透亮的玉米籽儿。娘的腰弯得很低，一双粗糙的大手在不停地忙活着，脱着玉米籽儿。

我的娘，这位年迈的农村老太太，从来就不肯让自己闲着。

和普天之下所有的农村妇女一样，娘勤俭持家早已深入骨髓，流淌在她们的血液里。不需要谁来提醒，她从来也不曾清闲，她总是利用不同的时间段去忙不同的事儿。实际上，大到土地庄稼，生儿育女，小到柴米油盐，做饭洗衣，甚至是喂养欢叫的鸡狗，似乎都是她的分内之事。如流水般的日子，不求大富大贵，但求这小日子能一天天过得去，过得好些，就需要付出太多的艰辛。真实的生活如怒吼的雷霆，在她的身上轰隆隆地碾过，这个朴实的乡村女人，总是默默地挺起脊梁去直面相迎，娘从来也不曾抱怨，甚至我感觉她早已忘记了抱怨，对于她来说，忙是她一生的宿命，也是和她一样的乡村女人，一生的宿命。

如果告诉我的娘，有一位和她同龄的老太太，是一位很有钱的阔太太，为了一次朋友相聚，一个晚上不停地试衣，每一次都要搭配出不同的风格。我相信，娘听了肯定会说，这老太太也真是的，有时间没处用，多无聊啊。

我有充足的理由相信，我的娘这样说，她不是在仇富，她也不会仇富。因为生活在完全不同的两个轨道上，两个老太太，就如两株生长在不同地域里的植物，谁也理解不了谁的生活。我的娘，或许她一辈子穿的衣服，也不曾有那位阔太太一晚上试穿的衣服多。身为女人，爱美是天性，不过对于衣服，娘有她自己的逻辑。娘说，衣服是啥，是让人穿的，只要得体、合身，穿着自己舒服，整洁干净，这就足够了。

娘20岁时，就嫁给了我的父亲。我无法知道20岁时的娘是啥样，不过，我知道那时的她一定很美，因为我在一张黑白照片上看到过娘当时的模样。照片上的娘，很美，是那种真实的，没有经过任何修饰的美，是天生丽质的美。

对于一个乡村女人来说，迈出娘家的院，走进婆家的门，就意味着一生就是这个家里的人。不管岁月多么悠长，日子过得如何艰辛，都需要去默默承担。琐碎的生活，居家过日子，这"枷锁"一上身，需要背负的就是一辈子。

不管岁月多么悠长，日子过得如何艰辛，我的娘，走了大半辈子，总是一副干净又开心的模样。

娘从来也不曾用化妆品，更别说成套的，诸如打底霜、润肤水、睫毛膏等等，她一年四季，素颜朝天。或许对于娘来说，天生丽质，任何化妆品都是多余。

有人说，不化妆、不打扮的女人没有品位。娘告诉我，不，完全不是这样。娘能将小院打扫得温馨整洁，屋子里收拾得井然有序；娘能将庄稼地里的杂草清理得干干净净，屋后的小菜园照料得鲜菜长势喜人；娘能将儿女们打理得落落大方，规范教导得知理懂节。干净利索的娘，传承给我们儿女的是勤俭持家、善良厚道待人，这早已成为我们身上一生都携带的基因。

如今，娘青丝变白发，成了一位老太太，真该安享晚年了。说实话，我没有办法让她像那位阔太太一样活着，但至少能让娘少累些、开心些。我试图去劝说，让操劳了大半生的娘停下来歇歇，城里安家后，又将娘接到城里，结果，这一切均是徒劳无功。

娘在城里小住，我本想让她和小区里的那些老太太们一样，悠闲地去散步，早晚聚在小区楼下，欢快地跳跳广场舞，可这一切对于娘来说就是遭罪，让她去跳广场舞，就像是让她赴刑场。

在城里的日子，娘不习惯用抽水马桶，娘下楼后看不到辽阔的田野，吃不到自己亲手种的鲜菜，整天里闷闷不乐，担心飞了鸡,饿死狗,总之,理由很多,不几日便匆匆而归。

后来我才明白,这一切都不是理由,关键原因是,娘已经遗忘了闲散,闲下来的娘会发慌,会六神无主,甚至会生病。习惯了忙忙碌碌的娘,忙对于她来说,其实是开心的、快乐的,每天只要望着自己的土地,看着自己的鸡和狗,用手敲打着自己的双腿,娘整个人都精神焕发。

无数次,我对娘说,都是儿女们无能,不能让她也像那位阔太太一样,穿衣搭配讲风格,生活有趣重品位,过贵族一样的生活。

娘笑了说,真是个傻小子,难道穿好衣、吃好饭、住别墅就是贵族生活?一个人只要平平安安,无病无灾,开开心心地活着,就是贵族。

或许更多的大道理娘讲不出,但娘的行为告诉我,人生于世,活的就是精气神,只要有宽厚的爱心、悲悯的情怀、清洁的精神、承担的勇气和坚韧的生命力,有人格的尊严、人性的良知,不媚、不娇、不乞、不怜,开心地、有尊严地活着,去努力工作,实现自己的人生价值,就是真正的贵族。

娘守着自己的土地,拥有属于自己的庭院,望着自己的鸡狗,吃着自己亲手栽种的五谷,忙碌中感觉自己才是天下真正的贵族。

长久以来,在我的意识里,总认为富就是贵,贵源于富,两者密不可分。我的娘,这位朴实无华的农村老太太,改变了我的观念。事实上富是物质,贵是精神。精神的贵族不一定富有,富有之人也不一定是贵族,但真正的贵族精神用钱买不来,赤金都不换。

面　　试

今晚去还是不去？我犹豫不定。

下午 5 点多钟的时候，我在简陋的出租屋内开始化妆，慢腾腾地，握着眉笔的手在发抖，从上午接到电话的那一刻起就一直在犹豫，中午没有一点食欲，勉强吃了一根香肠，买来的盒饭原封未动地放在那里。我几次用扔硬币的办法来做决定，反则去，正则留，结果扔了 7 次，答案是 4 正 3 反，这更让我犹豫不决，去还是不去呢？真的很为难。要知道月薪 8000 元的工作对于我这个普通的专科毕业生来说是有极度诱惑力的，我来自黄河滩村，没有城里人的优越感，况且岗位又是一家知名大企业的总经理秘书，考试那天我亲眼看见了一个岗位 4000 多人参加应试的盛况，有的人还怀揣着硕士毕业证书。

应该说我算是幸运的，两次严格得几乎有点残酷的考试都通过了，难道就在这接近黎明的曙光之前打退堂鼓吗？去还是不去呢？去了又意味着什么呢？总经理的女助理说，在两次考试中总经理已经通过监控录像对每一位应聘者都做了仔细的观察，等于已经通过面试，也就是说面试已经取消，回去等候通知。那么，今晚总经理突然在宾馆单独接见又意味着什么呢？是我一个人吗？我不明白。其实说不明白，女助理在电话通知时已经说得再明白不过了，安静的宾馆豪华总统套房里，一男一女，又是晚上，会干什么呢！是啊，会干什么呢？而且女助理在电话里特别强调一定要精心化妆,衣着一定要性感。难道经常在报纸上读到的行业潜规则今晚真的要在我身上应验吗?

我慢腾腾地描完眉,嘴上特意涂上了一层淡淡的无色透明唇膏,看上去若有若无,在柔和的灯光下就好像含着一滴早春的露珠,似跌非落,我看到镜子里青春动人的自己长长地叹了口气,轻轻地合上了化妆盒。

说真的,我没有什么性感的衣服,刚从学校毕业哪有性感的衣服啊,现在去买吗? 不行! 首先时间不允许,再说就是有时间我也没有那么多的钱。我把仅有的衣服全摆在床上,最后决定就穿去年春天的那件低领的粉红色的秋衣,本来秋衣是当内衣穿的,去年穿的时候还穿着外罩,今天就内衣外穿吧,再没有比这更合适的了。

海之星宾馆,本市最大的宾馆,过去常听说一些演艺界的明星来本市演出就是下榻该宾馆,我从来没有接近过一步,今天我就要走进该宾馆,而且是豪华的总统套房,等待我的会是什么呢?为了赶时间我特意打了的,要知道我从来舍不得打的的,再紧急的事也是坐公交,因为我没有那么多的钱。毕业就意味着失业,现在我感觉这句话用在我身上,或者说我们身上是多么的贴切。

当我报出海之星宾馆的名字时,司机仔细地看了看我,这让我的脸微微有点发烫。司机说:"去上班啊?"我胡乱地答应着。司机说:"凭你这姿色找个老总包起来没有问题的,干吗这样辛苦啊,一晚上能挣多少钱啊?""什么?"我当时几乎不明白司机在说什么。司机是个爱唠叨的主儿,从我上车那刻起他那该打的嘴就没有停过:"哈哈,没有什么好羞涩的,干你们这一行还害羞,告诉你吧,我拉的你们这种人多了,都在这一带租着民房住,白天睡觉,晚上就出来奔向各大宾馆……"司机说得眉飞色舞。我受不了："停车！你给我停车！"我几乎是发疯似的喊着，我真的再也听不下去了，这可恶的家伙怎么会把我当成那种人呢！我就是再没有钱也不能堕落到那一步啊。老实说我当时确实被司机不着边际的话激怒了，也清醒了。

下车后，我孤独地徘徊在大街上，决定往回走，不用说月薪8000元就是月薪万两黄金今晚也不去了。结束了，我望着路边闪烁的霓虹灯，心里想这次应聘意味着又彻底结束了。

写到这里我的故事是不是也该结束了呢！是的，应该结束了，因为我没有去就等于自动放弃，这应该是一个不错的结局。然而现实就是现实，有些时候它会让你冷不丁地大吃一惊，第二天就在我准备去下一家招聘单位报名的时候，无意中又接到总经理女助理的电话，她在电话中说："恭喜你，你被我公司录取了，昨天晚上所有通知的人都去了，就你一人没有去。"你猜这是为什么？其实女助理根本不是什么女助理，而是总经理的太太，当然也是公司的董事长，昨天晚上是董事长出的最后一道试题，正如她所说，无论你文凭有多高，人有多优秀，如果不懂得洁身自好，她是绝对不同意来给总经理当秘书的。

真的，我们的现实生活就是这样扑朔迷离，有时候它会让你觉得深不可测。

两老汉对骂

"你这老东西,你咋还活着呢!"

"咚——"他嘴里骂着,手也没有安分,一拳头挥去,结结实实地落在对方身上。

"老东西,你盼着我死啊,就不怕我死了变鬼来勾你走!"

"咚——"对方也结结实实地给了他一拳。

这是一个美好的清晨,我迎着温暖的春风,踏着一条乡间小道闻声而去。似乎一夜之间,小草已经冒尖,染绿了丝带一样的乡间小道。薄雾弥漫之中,张老汉背着双手,腋下夹着一把镰刀走在乡间小道上,他时隐时现,好似腾云驾雾。或许他没有想到能在这个清晨迎面碰到刘老汉。刘老汉住在邻村,两村虽隔三五里,但上了年纪的两位老人,腿脚不再灵便,走串甚少,鲜有碰面。刘老汉弓着腰,眉毛上挂着新鲜的露珠儿,看到张老汉后也有几分惊诧。两个老人先是瞬间对视,确定来者是谁后,不是握手言笑,而是开口就骂,挥拳就打。

"说说,你咋还不死呢!"

"咚——"他又是一拳头过去,又结结实实地落在对方身上。

"就不死,越活越比你这老汉子滋润!"

"咚——"对方也再结结实实地回了他一拳。

张老汉和刘老汉从小玩大,彼此最说得来,一辈子没有红过脸吵过架。过去,几乎每天都要见个面,或你来我村,或我到你村，一起议农事，谈生活。上了年纪，是不利索的腿脚分开了这对好兄弟。半年未见，乡道偶遇，两位老人就口骂手打。这真实的骂声里，句句都不离一个"死"字儿，专挑老人最忌讳的词儿。旁者听了去或许会感到骂声好似诅咒，两位老人却能从骂声中品出话里的真情与温暖。两位老人，挥拳打去也是真实的，力度很大，结结实实，在外人看来，彼此似乎都有一拳就将对方打倒的意思。对于两位老人来说，重拳出手，落在身上都感觉不到疼，传递的是情，用力越大越亲。

"你这老东西，腰都弓到快头拱地了，阎王咋就还不收你呢！"张老汉骂着，不再挥拳过去，而是用双手托在刘老汉的两个肩膀上，使劲儿晃他，腋下的镰刀不知何时早掉在地上，他浑然不觉。他在用力去晃弓着身子的刘老汉，使劲地晃，晃。

刘老汉似乎不堪重负，但他努力挺着，用浑身力气去挺自己越来越弓的腰身，或许在他看来，此时的自己身材一定挺拔，殊不知在张老汉的摇晃下，身子瞬间更弓了。刘老汉的腰直不起来，头也抬不起来，他偏着脸望着张老汉说："阎王偏不会收我，先收了你也不会收我。"他说着两只手搭在张老汉的胳膊上，场景好似赛场上，两个摔跤运动员正在开战，只是样子有点古怪。

"你这老东西，早该死了！"

"你前年就该死了，现在咋还活着。"

彼此就这样保持着一个姿势，仿佛诅咒般地对骂着，反反复复重复着这几句话。直到太阳出来，薄雾退去。他们还保持着这个姿势，张老汉摇晃着刘老汉，刘老汉双手用力搭在张老汉的胳膊上，努力保持着平衡，彼此都忘记了一早出门的任务是什么。

"你这老东西！"他说。

"你是老东西！"他回。

或许在旁观者看来，这是一对最无聊的老头儿，简直是一对疯家伙，在这个美好的清晨，在乡村小道上相遇，一见面就破口互骂，出手互打一番后做着一个最无聊的动作，重复着几句最无聊的话，都一个时辰过去了，还丝毫没有离开的意思。是的，我也这样想。后来才感觉我们作为旁观者，永远也无法去明白两位老人真实而复杂的内心。一个清晨，重复一个看似无聊的动作，彼此的内心收获的却是快乐。用一个清晨，彼此重复着几句看似无聊至极、类似诅咒的话，但透过两位老人眼里涌出的泪水可以看出，彼此已经交流了很多很多，足有千言、有万语，且没有一句是重复的话。

一对老冤家

一个村庄，一对仇人，老王和老李。

两个人是整个村庄里的人都知道的老冤家。

老王说老李："他在我眼里，算个球！"

老李说老王："在我眼里，他球也不是！"

两个从小就合不来，一个属火，一个属水，互不相容，天生相克，一生冤家。老李处处跟老王过不去，老王时时想着如何刁难老李。老王总是拆老李的台，老李总是揭老王的短。两人不能见面，一见面就开火，一辈子开了无数场骂，干了不知道多少次架。老李一板砖扔出去，老王的脑袋开花，老王一铁锹下去，老李的一个胳膊就断，两个人是真干，拼了命地相互都往死里干。老李身上挂着多处老王留下的彩，老王身上带着多处老李留下的疤。

　　既然水火不容就别再往来，但老王和老李不是这样，水火不容还偏爱"容"。老王出现的地方，必会留下老李的踪迹，老李到过的场合，肯定会走来老王。一对仇人争了一辈子，闹了一辈子，骂了一辈子，打了一辈子。

　　直到有一天，老李的儿子兴冲冲地跑回家，告诉他爹说老王死了。儿子总想他爹得到这个消息后，一定会很欢欣。他万没有想到，他爹老李听到这个消息后，吃惊地"哦"了一声后，非但没有一点喜悦之情，反倒一屁股坐在椅子上，半天没有开口说一句话，从那一刻起，老李就病倒了。

　　不久，老李离世。弥留之际，老李开口对儿子交代的唯一一件事就是，一定要去老王的墓前多烧点纸钱，这让老李的儿子很是诧异，他想不明白，一辈子的仇人去世，对他父亲带来的打击会如此大，更想不明白，父亲的遗嘱竟然是让儿子为仇人多烧点纸钱。

　　其实，老李的儿子无法明白，在这个世界上有一种友情是仇人，棋逢对手，难分伯仲，出手越狠，情分越深。对于他爹老李来说，一辈子放在心里的正是仇人老王，这份情谊已经浓到不求同日生，但求一起死，你若离去，我一定会转身随你而去。

家是温馨，与贫富无关

过去的气候似乎要比现在冷得多，刚入深秋，北风就开始呼呼地叩打着空虚的窗棂。燕子窝早就空了，架在高高的屋梁上，看上去就好像一个失血的心房。阳光透过小窗的方格斜斜地挤进来，蒸腾着屋子里金色的尘埃。这就是孩子的家，尽管小屋在阳光下依旧显得很暗，暗红色的大木柜在那里放射着古老的光斑，暗红暗红的，村里的先生说这颜色是流走的岁月染上的。

娘就坐在炕沿上，眼睛睁得很大，做着针线活儿，身旁放着一个用荆条编成的圆得如一轮满月般的簸箩。孩子跪在窗台边，许是寒冷，没有蹿出去惹娘找，他咕嘟着小小的嘴，淘气而又显得可爱地在用气哈窗子下角的小块玻璃上美丽的冰花。冰花也不知是和孩子逗还是冻得结实，尽管哈了半天，仍旧顽固不化，但孩子仍然在哈。

太阳已升得老高了，屋子里依旧很暗，窗纸是黄黄的。有一次孩子也学着先生的话说这黄黄的窗纸是流走的岁月染上的，做了一天苦工的爹半碗稀粥没有喝完，"咣当"将碗放在青石灶台上，高兴地抱住孩子亲了又亲说："不是，是你娘在纺线，暗夜里纺黄了小屋窗子的黎明。"娘似乎听懂了爹和孩子的对话，开心地笑了，很甜，很甜。

孩子最终没有哈开窗上的冰花，侧过身来，看了看娘，娘的脸一半掩在黑暗中，另一半却十分鲜明，看上去，仿佛一尊雕塑。一绺头发在阳光里闪着金黄色的光,那光后来一直在孩子的心中出现,尽管娘又聋又哑,但在孩子的心中,娘是美丽的天使,娘不聋也不哑,娘能明白孩子的心思,孩子能听见娘在心里说的话。

冰花仍旧顽固不化,孩子翻身跳下坑。外屋立即传来铁勺碰缸发出的清脆的响声,娘听不到但觉察到了什么,忙掀开厚厚的粗布门帘,看见孩子在缸里捞出一块长长的冰凌往嘴里送,娘威严地伸出手,做出了要打的手势。水缸上倒贴着用红纸写的"福"字,那模糊的颜色显示了年代的久远,缸下没规则地摆放着几棵大白菜,菜叶已剥过了多次,依稀露着一丝绿色,小屋也正是因为这一丝绿色,显得生机盎然。孩子看见娘伸出了手,狡黠地把小手背在身后,睁着黑亮的眼睛看着娘,娘忍不住暗自发笑,显然对儿子的伎俩习以为常,慢慢地从口袋里掏出一粒糖块。孩子急忙伸手去接,没想到暴露了手中的冰凌。那冰凌晶莹剔透,正在一滴一滴地淌着水。待孩子意识到这是一个圈套,为时已晚,在娘眼色的示意下,只好丢掉手中的冰凌往院中跑去。

院外,太阳像块横切开的白萝卜片,没有一丝血色,那棵大榆树抖着身子,瑟缩在寒冬的风里,枯干的爬山虎紧紧地倚靠在榆树粗重的臂膊上,翘首等待着来年春天的消息。成群的麻雀在树上不安分地起落着,宛如一片片在风中飞舞的树叶。街上更冷,一个人影也没有,路上有一点一滴的冰凌,那是人们早起担水,沿路滴落结成的冰凌,望开去,朦朦胧胧的冬林,灰蒙蒙地融在天幕中,抬头望去,一丝雪的影子也没有。

娘没有去找跑出去的孩子,因为娘知道此时孩子的爹就要回家了,孩子是去迎接做工归来的爹,爹也知道此时的孩子就在门外等他。没有表的家,爹、娘和孩子,每个人的心中都有一个很准确的时间,有时可以达到分毫不差。

后来娘走了,爹去了,原来的小屋没有了。已经满目沧桑的孩子,回忆起他的孩童时代,总感觉那是天堂而非苦难,尽管当时家是一贫如洗的家,娘是聋哑人,爹靠给有钱人做苦工支撑着一个家,但是很温暖。孩子最常说的一句话就是:"家是什么?真正的家与贫富无关。"

淘　宝

卖早点的老李夫妇打开门,叮叮当当的生火开灶声,惊醒了整个葫芦巷。一时间,不长的小巷子,家家户户的门就像患了传染病,吱吱呀呀地依次打开来。安静了一夜的葫芦巷就在这开门声中迎来了新的一天,喧闹了起来。

刘裁缝开门后,提着宽松的短裤急慌慌地往对面的公共厕所跑。多少年来,这一直是他开门后做的第一件最要紧的事儿。

"哥,你醒了。"迎面一声喊,吓了刘裁缝一跳。他完全没有想到能人儿会在大清早出现。能人儿见到刘裁缝后,满面春风,忙在身上摸索着找烟。刘裁缝缓过神来,嘟哝了一句,没有去接他递来的烟,一溜烟闪进了厕所。

能人儿不走,就在厕所外候着。不到一周时间,他已经第三次找刘裁缝了。原因是他看上了刘裁缝手里的一个镯子。

能人儿原名叫刘子良。几年前在市区的一所学校门口开文具店,被工商所查封了几次,后来干脆自己关门不干了。整日里溜溜达达没有什么正当的事儿,手里却不缺钱花。去年刚花 30

多万元买了一辆小轿车,这让许多人眼馋。谁也琢磨不透他到底干些什么,在哪里挣的钱,背后都叫他能人儿。

能人儿不在葫芦巷住,却是小巷子里的常客。小巷子的人都觉得这人有点儿古怪,穿戴干干净净的,就是长着一个爱捡破烂的心。比如他爱收拾一些破旧的瓦片,一扇陈旧的木门等。

一前一后,能人儿跟着刘裁缝进了家。家里几台缝纫机停放在地上,旁边堆着花花绿绿的布,老式的方格格窗户,光线有点暗。

"哥,你就把那一个镯子卖给我吧!"能人儿说。刘裁缝说:"你这个人也太有意思了,你只买我一个,剩下孤零零的另一个谁还要啊! 就像一双鞋,哪有光要一只的理儿?"

能人儿觉得刘裁缝很固执,两个是卖,一个也是卖。再说傻子都能看明白这原本就不是一套东西。一个看上去有点发灰发暗,磨损也比较厉害,也是刘裁缝最不看好的那一个。如果能人儿没有看走眼的话,这应该是个元代的物件。另一个,看似明晃晃的纯银打造,实际是民国后期的物件。刘裁缝不懂,他觉得明晃晃的镯子应该比灰暗的贵些。如果有人要买明晃晃的那一个,灰暗的那一个可以做个陪衬。

整整一个上午,能人儿跟在刘裁缝身后死磨硬缠,刘裁缝有自己的主意,两个可以,一个不卖。谈不拢,能人儿最后一咬牙开着自己的小车走了。

两天后,是一个中午,一个陌生的中年男子寻着小巷子一路打探,找到了刘裁缝。他想看看镯子。刘裁缝拿出来后,来人一眼就看上了那个明晃晃的物件,爱不释手,说什么也要买走。刘裁缝有点后悔,后悔当初没有及时卖给能人儿那个灰暗的镯子。

刘裁缝说:"一个我真不能出售。"来人说:"你一对卖多少钱?"刘裁缝说:"这是祖上流传下来的物件,最少都得一万块,少了一分都不卖。"来人说:"这样吧,我出 8000 元,只要你那个明晃晃的镯子,你看如何?"

"8000 元?"刘裁缝动心了,"你再等几天好吗,让我考虑考虑。"刘裁缝说。

其实刘裁缝心里有自己的小算盘,他想等能人儿来,如果能人儿再来买走那个灰暗的,剩下的明晃晃的那个再卖给这个中年人,这是最完美不过的事儿,因为能人儿给那个镯子出价是 5000元,这样他就比预料之中的要多卖 3000 元。

中年男子似乎看透了刘裁缝的心思,最后很不放心似的说:"这样吧,我先给你放下 500 元定金,如果你几天后没有考虑好,钱还是我的,如果考虑好了,镯子卖给我。"刘裁缝想了想收下了。

接连几天,他一直在等能人儿来。这一天,他无意中看到了能人儿的车,就像遇到了救世主一样,几步跑出去拦住了能人儿的车说:"那个镯子你还要吗?"

能人儿说:"我没有要的念想了,如果你真要卖,我只出 4500元,多了一分都不干。"刘裁缝说:"你当初不是说 5000 元吗,怎么现在又成 4500 元了。"能人儿说:"当初是当初,现在是现在。如果你不卖,我不强求。"说完他启动车准备离开。刘裁缝一跺脚说:"卖!"

一手点钱一手接货。能人儿走后,刘裁缝开始等那个留下押金的中年男人,然而那个男子就像人间蒸发了一样,再也没有出现在葫芦巷。

能人儿如常隔一段就会出现在小巷子里,如常爱收拾些旧家具、破瓦片,乐此不疲。

天下最富有的人

一次聚餐，一位朋友对我说："在一个无人的荒野，一位少女、一支笔、几张纸和一把锋利的刀。你想到的是什么？"

我说："有点恐怖，这个少女不会是遇到什么想不开的事情要自杀吧？"

"你错了。"朋友说，"这位少女正在创作。这是一个无人的荒野，但景色非常秀美。少女先用笔将眼前美丽的风景画在纸上，然后再用锋利的雕刀将画做成立体的剪纸。少女一边做还一边开心地哼着歌，蝴蝶在她的身旁无忧无虑地飞舞，鸟儿在枝头上欢唱，少女是那样的开心，那样的无忧无虑，就像飞舞的蝴蝶，就像欢叫的鸟儿，她已经与美丽的大自然融为一体，构成一幅完美的画。"

"这位少女真幸福啊！"我说。

朋友说："不，少女并不幸福。就在她8岁那年，一次车祸中她的父亲就离去了，母亲双腿截肢，整日卧床不能动。她从6岁开始就承担起所有的家务，照顾着卧床的母亲，家里用钱买食盐都得靠政府救济。"

"她真的很不幸！"我说。

朋友说："不，她是幸福的，虽说她的家很贫穷，但失去双腿躺在床上的母亲是乐观的，她是乐观的。母亲给小女孩讲故事，教她念书识字。在那样艰难的环境中，她14岁就在家里读完了高中的全部课程,后来自己学纸雕画,因为她聪明好学,做的纸雕画栩栩如生。一个工艺美术厂家以一张 20 元钱的价格和她签了订购合同。原来她家一直领着政府的补贴,有了收入的她就主动跑到政府说,自己有收入了,钱不领了,让给那些最困难的人家吧。就这样她靠卖纸雕画的微薄的收入养活着一个家。"

"上苍还算有眼,小女孩真的很了不起!"我说。

"不!"朋友说,"其实有时候上帝也会嫉妒好人。就在女孩17 岁的那年冬天,她的右腿开始疼痛,逐渐加剧,最后无法站立。被邻居送到医院后,确诊为恶性骨肉瘤,医生说最好的办法就是先截肢,也就是说她的右腿保不住了。在场的人听了这个消息后都哭了,原本她的母亲就失去了双腿,动弹不得,如今她再失去一条腿,这个家庭还如何支撑下去啊?医生征求她意见的时候,她忍着疼痛笑笑说,不怕,只要我的生命还在。

后来手术做了,失去了一条腿的她生命能否保住,还是个未知数,医生说最怕的是病变。"

"这也太不幸了!"我说。

朋友说:"不,她很幸运。她靠坚强的意志战胜了病魔,获得了新生。虽说她失去了一条腿,但是她靠自己健全的双手还清了所有的欠款。如今,她的母亲依然健在,已经 79 岁,失去双腿的她身体依然很硬朗,这一切都应该归功于她的好女儿,是女儿用单腿支撑起了一个幸福的家。"

"这是个真实的故事吗?我能否见到主人公?我想去见见这个了不起的人。她是中国的保尔·柯察金,不,她比保尔·柯察金还要让人感动。"我越听越激动,我想去见她。

朋友说:"好吧!"

我们开车走了大约两个小时,朋友在一个十分阔气的标志性建筑楼前停下说:"这就是我上班的公司。"我很纳闷说:"你不是带我去见那个女孩吗？为什么到你上班的地方了？"朋友笑了说:"你上去就知道了。"

让我没有想到的是这个女孩正是朋友的顶头上司,公司的董事长。她现在的新生工艺美术有限公司已经拥有上亿元的资产。然而当我走进她的办公室的时候,惊呆了,办公室除去一张普通的桌子,一个简单的书架,一盆生机盎然的绿色植物以外,简陋得让人无法相信。

朋友很礼貌地向董事长介绍了我,我上去和她握手的时候,她从椅子上站了起来,一只手吃力地托着桌面。

"听了您的故事,我很感动,你太了不起了!"我说。

她笑了说:"你过奖了,我非常平凡。大家提到我的过去,都习惯用的一个词是'不幸',其实这是错误的,我是幸福的,也是幸运的,一直以来都是。小时候的那次车祸中,父亲走了,很幸运我的母亲还活着。因为病魔我失去了一条腿,很幸运我的生命还在。我靠努力很幸运地拥有了自己的公司,现在我是900名员工的领导,是一个好母亲的女儿,是一个好男人的妻子,是两个乖儿子的母亲,你说我不幸福吗？"她说着开心地笑起来。

之后,朋友说:"这么大的公司,你是不是感觉她很有钱？"

"是的。"我说,"这是她努力的结果,是应该得到的。"

朋友说:"你又错了,她挣到的钱全捐献给了社会,她现在已经建了300多所希望小学,80多个敬老院,她自己却一无所有,节俭得有点苛刻。"

"不,她是富有的,她是这个蓝色星球上最富有的人。"我说。

千年不舍一株草

　　春天的风,唤醒的不仅是高天之上的云,还有苍茫的大地和我年迈的老父亲。如同泥土深处一粒闻春而动的草种,父亲总能准确地感知到每一个行走的时令,仿佛大地有力的心跳总是连着他兴奋的脉动。

　　今年初春,父亲打来电话说,让我抽时间在城里的市场找找,看能否买到一把挖地的铁叉。我闻之实为不解,就问道,如今村里都用拖拉机耕地,还要这物件儿作甚。父亲说,不是翻地,是起党参。

　　我晓得,父亲所说的"起"就是"挖"的意思。我不免又开始担心他的身体,就说,现在的党参不值钱,还每年去种,费事又费力,多麻烦啊。父亲火了,说,你懂啥,这是宝贝,是宝贝,咋能绝种呢?接着父亲又在电话里抱怨,在过去,每逢乡村集会,总会见到各种各样的铁叉,长的短的,要啥有啥,现在咋就没有了呢,要是村里的赵铁匠还活着就好了,找他打一把铁叉该有多带劲儿啊……

　　电话里,父亲很像是自言自语。他低沉的语气里有一种说不出的忧伤,说到赵铁匠时,他发出一声长长的轻叹。在父亲的叹息声中,我手握着电话,眼前仿佛真的出现了赵铁匠,那个一年四季赤着脊梁的驼背老头。他弓着身,在呼呼作响的炉火前。随着锤声叮当响,火光四溅飞舞,他整个人就完全淹没在铁水飞溅的火雨之中。当时,年幼的我总是不明白,这个赤着脊梁的老头怎么就不怕烫伤呢。慢慢地我知道,做了一辈子铁匠的他,身躯在铁水的喂养中早已百炼成钢。那时,铁叉是赵铁匠打造最多的农具,也是他的拿手活儿,整个村庄,甚至放眼太行山之巅的上党大地,村村庄庄,谁家没有一把上好的铁叉,这铁叉多是用来起党参。

何为党参?一种多年生草本植物,其根入药,性平味甘,有补中益气之功效,多用于中气虚弱、脾虚泄泻等症疾。据史料记载,党参最早发现于上党(今山西省长治一带),故得名。因上党曾称之为潞州,党参也有潞党参之称。倘若细去追溯,党参从野生山中到驯化为可种植的一味药材,在上党已有千年的历史。

记得我年幼时,所在的村子里,家家都种党参。我的爷爷就是种植党参的一把好手。每年秋天,党参收获后,经过一个冬天的加工、日晒。临近过年,爷爷就会用扁担挑着党参,从山西长治出发,徒步到河南的林县(今林州市)去卖党参,称之为"下河南"。据说,在当时的林县有个规模不小的药材交易市场。

爷爷下河南,来回两百多公里,只用三天时间。党参卖掉后,一家人就能过个好年,倘若再能卖个好价钱,那年就会过得更好些。党参在当时的村庄里,也是无数个家庭的希望,或许正是此因,这物件儿娇贵得很,从种到收,最少都需要三年时间。党参的种子比芝麻还小许多,一粒粒暗红色的党参种子就如一个个欢蹦的小跳蚤。头年开春下种后,需要等到来年春天,将生长了一年、细如线绳的党参用铁叉挖出来,再用锄头开壕,一根根按照一定的间距摆好,覆土。此后又需要两年时间,这期间还需要不断地清除杂草。若是土地肥沃,两年挖出后,党参粗若大拇指,算是成品。若是土地贫瘠,就需要再等一年,甚至是几年。

党参从地里挖回后，并非当即可售，需要晒干，加工成型。整个过程，全凭一双手，需要将一根根原本弯弯曲曲的党参，捋得笔直，甚至须根都最好不少。从弯到直，需要上百遍的加工，且从晾晒起就得开始，一天一天地晒，一个夜晚一个夜晚地捋，烦琐而复杂，爷爷从来都是精心去做。晚上，外面寒风呼啸，屋里一个火盆子，一个小矮凳，爷爷一坐就是半宿。爷爷年迈后，父亲成了最好的帮手，寒冬的夜晚，一个小矮凳变成了两个。

汉末刘熙在《释名》中有曰："党，所也。在山上其所最高，故曰上也。"另据《国策地名考》载："地极高，与天为党，故曰上党。"上党，是中华人民共和国成立前以太行山为主的长治市之总称。长治境内，连绵的太行山脉，静默不语，就如一位安详的母亲，精心养育着山里的人。沟沟坡坡间，村村庄庄中，农人们依山就势开垦出的田地，虽然贫瘠，也会有几分收成。土地长出了党参，山里还野生着各种各样的中药材。那时，凡生为太行山里人，与生俱来都是合格的"采药翁"，就连村庄里的顽童，也能轻松辨认，脱口便可道出十多种中药材的名。

冬日，天若晴好，再冷也挡不住农人们进山采药的脚步。只要大雪不封山，村庄里的人家，户户不会消停，入山采药者甚多。黄芩、柴胡、防风、紫花地丁等等，山之深处，乱石丛中，沟壑之间，峭壁之上，到处都是宝。野生的中药材货真价实，很是地道，那时的乡村西药少，生活在山里的百姓，仿佛天生就是半个医生，类似感冒发烧等小疾，完全不用去请"郎中"，自己就能对症下药，抓几把自采的药材，配出一服疗疾的好汤药。

那时的村庄还很穷，缺油少肉，三餐五谷杂粮。那时还鲜见硝铵或氮磷等化学肥，地里的庄稼，全凭有机肥生长，收成比现在少些，颗粒透亮，吃起来很香。那时的冬天，似乎要比现在的冬天冷。呼啸的寒风中，你来我往的药材贩子们总是不断。童年的我和一帮小伙伴们，在父辈们和药材贩子的讨价还价中，迎着寒风戏耍、打闹，黑乎乎的小脸蛋上，一边结着一个红苹果，那是乡村"散养"的孩子们特有的"健康红"。

那时的我们很少患感冒。记得我直到走出小学，还不晓得啥叫"输液"，第一次听别人说到这个名词时，总感觉那是一件遥不可及的新鲜事物。那时，在药材贩子的穿梭往来中，每年从太行山的村村庄庄中送出了多少中药材，无法统计。这些完全野生的中药材，纯得就像那时乡下的天空。一段根茎、一朵花、一片叶，不知挽救了多少人的病痛。那时的中药材，很畅销，总是供不应求。

那时的乡村，老中医并不鲜见。这些医者均未上过正规的医校，多为祖上几代行医，或跟着师傅苦学而成。乡村中医，虽也开办诊所，多为半医半农。我所在的村庄里，有一位刘姓老中医，大家都尊他为"刘老"，或"刘医生"，据说他的祖上几代行医，名气很大。有时候，我和小伙伴们去看刘老抓药，只见他摊开一张棉纸，手里提着一把精致的黄铜小秤，整个人聚精会神。他的身后是高高的柜子，一个个小抽屉形成"田"字格，标有不同的药名。他总是在取出或放进中，搭配着不同的草根或花朵，甚至是树叶，仿佛是一位配菜师，配的是一道美食而非疗疾的药。可这确实又是药，且能药到病除，这就是中医之神奇。

一段根茎、一朵花、一片叶，中国本草，千年传承，传承的不仅是救死扶伤，也在传承着东方文明、东方智慧，传承着人与自然的共存真谛，传承着一个民族高贵的基因。

我没有让父亲失望，我转了几个农贸市场，终于为他买到了一把铁叉。我晓得，父亲种了一辈子的党参，让他放弃肯定不可能。或许,对于父亲来说,他的坚守,不仅仅是因为种久了,更是对党参种植有了感情。

村庄里的生存哲学

喜欢行走,只要无事,我总会远离闹市,行走到乡间。

一个人,身背一个小小的行囊,不需要干粮,只需要一口润嗓的水。踏着发黄的土路,不需要急慌,无论是行走还是沉思,只要脚踏着黄土地,我就感觉心是无比的踏实。

偶一脚落重,踩疼了泥土,猛惊起草木丛中一只飞鸟,它如箭般在苍穹中划出一道美丽的弧线,远去。在乡间的小道上,没有声声汽笛,没有嘈杂的行人。在宁静中,一路伴着悠闲的白云,享受着春日的风,夏日的阳,秋日的雨,冬日的雪。

累了,随意在路旁找一块石头坐下,远望茫茫群山中,那若隐若现、如诗如画的小山村。山村里那些扛着锄头,背着铁锹,行走在田间的人,都是世间的哲人。他们自食其力,与天地共存,苍老了就斜躺在暖阳下,看日出日落,观云动风起,不争、不闹,不卑也不亢,一把白胡须是走过的岁月。如果时间充足,不妨与这些乡村里的庄稼人对对话,他们说出的话,句句都是最朴实的、书本里所没有的生存哲学。

庄稼地里问老农何为人

有几次,晚上行走在荒野,前不着村后不着店。不急,我正好可以看看月亮，我想。

　　尽管几次都不是十五的满月，不够圆，但非常的明亮，如银、如水。

　　抬头仰望苍穹，深蓝色的天幕明澈如水，宁静而又深邃。一个人独自行走在寂静的原野，沐浴着如水的月色，瞬间感觉心里好安静，你无法想象那种感觉有多美。

　　我会坐在路边的草丛中待一会儿，在那流动的光芒下，任万千思绪如水般流淌。想到齐白石先生笔下的虾，月光里仿佛是清澈的水，灵动的虾；想到徐悲鸿先生的马，体味到的是风的速度，奔跑的快感。林语堂先生说："看到秋天的云彩，原来生命别太拥挤，得空点。"

　　有时候，我喜欢站在路边，看人来车往，什么也不去想，就那样没有目标，没有思绪，看一辆车追着另一辆车跑，看一个又一个人提着行李匆忙走过。

　　有时候，我喜欢去仰望一棵高大的树，它无言，却有生命，我相信它能听懂人类的话，它远比人类坚强，更比人类伟大。

　　有时候，我喜欢看一支燃烧的蜡烛，那光芒穿透黑色，我在看它，它也在看我，我们就在相互对视中燃烧着各自的生命。

　　何为人？在一片庄稼地里，我曾问过一位乐观的乡村老人。

　　这位乡村老人告诉我，人活着能记住自己是人就是人了。

　　过后，我琢磨了很长时间才明白。生而为人，不过几十年，无论如何风光荣耀，都不要忘记自己是一个行走的人，人远离人性，离兽性就不远。

听百岁老农说生存

　　有人说，我们的太多烦恼是听来的，是非天天有，不听自然无。但不听是最难的,因为我们长着耳朵,耳朵的功能就是倾听,这是上帝的安排。

其实,是非的关键不是听与不听的问题,而是在听的同时要学会思考,学会判断,因为我们还长着脑袋,这也是上帝的安排。

我曾经对一个扛着锄头的农夫说,你看,他们都在笑话你呢!因为他在旁若无人地唱着比吼还难听的歌。谁知他不但不恼,反而哈哈大笑说:"光看别人的脸色,我还活不活。"

一句简单的话语道出的是深刻的哲理,人活着就是让人指着脊梁骨去说,无论是好还是坏,我们都无法去改变别人的看法,能改变的只有自我。

明代思想家吕坤说:"无欲之谓圣,寡欲之谓贤。多欲之谓凡,贪欲之为狂。"

人生一世,草木一秋。懂得知足,才能快乐;懂得取舍,方可轻松;懂得珍惜,得以幸福。也就是所谓的寡欲以清心,寡染以清身,寡言以清口。

简单人生,是一种精神的自由,心灵的解放。就如一幅简洁明快的中国画,黑白相间,看似简单,色彩自在其中。

大道至简,简单的生活是一种美丽,简单的人生是一种清新淡泊。一个人,若真能做到一生简简单单,其实就是最不简单。

生存者,何为简单? 同样在乡下,我问一位活了103岁,至今依然很硬朗的乡村老人,他告诉我,多琢磨事,少琢磨人。

我不解。

他进一步解释说:琢磨事练脑,高寿;琢磨人费心,短命。

第三辑

三

生长在村庄里的草木

树　干　娘

　　我行走到一个奇怪的村庄，这个村庄里的孩子都有两个娘，一个亲娘，一个树"娘"，名曰"树干娘"。这里的孩子出生后，都要由亲娘抱着去拜见"树干娘"。

　　拜见"树干娘"是一个简单而庄重的仪式，不需要惊动亲朋好友，也不需要杀猪宰羊，更不需要挑选良辰吉日，随便选一个无风无雨的好天气，三炷香，一挂鞭，一碗供品。供品也不需要最好，饼干馒头或者是油条。

　　亲娘抱着孩子来到树下，燃上香，摆上供品，跪倒在地，"咚咚咚"地磕三个头，说道："树娘树娘，保佑娃儿健壮成长！"说完后起身点燃鞭炮，孩子在噼里啪啦的鞭炮声中，就好像有了依靠。这是一个流传了千年的习俗，至今依然，或许这是先辈们对大自然的敬畏，是对绿色的美好向往吧。

　　树有多少个儿子，村庄里的人都记不清了。爷爷辈们喊着树干娘长大后，父亲辈们接着喊，父亲辈们长大了，儿子再接着喊，一代接着一代，这棵老柳树就成了"树干娘"，成了村庄里的人共有的精神图腾。

　　老柳树有多大岁数，村子里的人不晓得，村里的爷爷说，他小的时候柳树就是这样。在漫长的岁月里，呱呱坠地的婴儿一个接着一个成年、老去，变成一捧黄土，新的生命又在村庄里一茬接着一茬伴着长长的哭声降临，就像日月交替般周而复始、有逝有生，喧闹着一个村庄,延续着一个村庄,兴旺着一个村庄。村庄里的房屋由土坯变成红砖,屋顶由茅草变成灰瓦,袅袅的炊烟一年四季总会在如期到来的一个又一个清晨升腾,没有年岁的老柳树就成为村庄兴衰繁荣的见证人。

静静地站在村庄的中央,无言的"树干娘"静静地守护着一个村庄的儿子,就像一位年长的亲人,在默默地送走一批儿子的同时又在默默地迎接着新一批儿子的来临。并不高大的身躯缓缓地伸展开来,一分为二,就如一双捧着的手,将日月托起,庄重而显得可亲。

有时候,我感觉村庄里的人,他们的心灵仿佛与树木相通,树木哪一个季节该修剪,哪一个季节不该动,他们清楚得很,从不会乱来,树木在他们的修剪下健壮地生长,他们在树木的遮挡下畅快地说笑。

就像"树干娘"一样,某一棵树长大了,有了年岁,在村庄里就有了威望,就成了村里人的精神寄托。树下一年四季摆着香炉,香火总会有的,隔三岔五就有新降生的儿子去拜见"树干娘"或者去祈求树的保佑。

如果一个外人无意中闯入了村庄,他们一定会看着老柳树下的香火吃惊,他们永远也读不懂村庄里的人为什么要这样,在他们眼里这是神秘的,是迷信,甚至还会和一个叫"愚昧"的词联系在一起,但对村庄里的人来说这是习俗,是自然,更是生存。

夏天,"树干娘"的身躯下就是村庄里的"议事堂"。炎热的中午,耕作了一个上午的村民端着饭碗,坐在柳树下,由"树干娘"遮挡着阳光,他们可以凉凉快快、舒舒服服地说笑,上至国家大事,下到鸡毛蒜皮,偶尔从树上落下一个小虫子掉到了饭碗里,他们也不会太在意,把虫子捡起扔掉,继续吃饭,继续说笑。如果一只小蚂蚁探头探脑地旁若无人地爬上了他们裸露的腿,他们就像长辈面对一个淘气的孩子一样,只是用手轻轻地把蚂蚁赶掉,这一切都在无意中进行。

"树干娘"在村庄不是虚无的,在他们眼里"树干娘"是活着的。这不仅仅包括"树干娘",在村庄里只要有人居住的地方就有树木生长,他们可以和大树对话,比如在春天的某一个清晨,一个早起的村民,手握一把镰刀溜达到一棵大树下,抬头望望树上的乱枝,就会很自然地去修剪,不管这棵树是野生的还是家养的。他们一边修剪着树,一边还会说一些话,此时的树木就是最好的倾听者。

修剪下来的乱枝他们也舍不得扔掉,收拾在一起,捆好了放在一边,等自然风干了,冬天里当柴烧。

活着的村庄

仰望一株白杨

茅盾先生在《白杨礼赞》中说:"白杨树实在是不平凡的,我赞美白杨树!"

要我说,白杨树实在是平凡的,它平凡得让人心疼,平凡得甚至会被人遗忘。在祖国的边疆、内陆,平原、高山、荒坡、河滩,但凡能找到草的地方,就能找到挺拔的白杨树。乡道边、田埂上、大路旁,只要有一点土壤,它就能生根、抽芽、旺长。

我喜欢白杨树,喜欢它的平凡,喜欢它的普通。每一次靠近一株白杨树,我总会双手扶着它挺拔的躯干,抬头久久地将它仰望。高大的白杨树接苍天之灵气,纳地心之营养,挥洒开来的树冠上,每一片叶子都凝聚着生命的畅想。

记得去年回乡小住,在一个清晨,秋天早已走远,时值隆冬。北方的冬天很冷,北方的冬天多风,一大早,呼啸的西北风就来造访。由于离早餐时间尚早,我裹紧上衣,信步走出村庄,来到村外的一条乡间土路上,走近一株白杨树。

苍茫天地间,呼啸的西北风中,挺拔的白杨树高昂着头,就如同一位高原汉子,铁骨铮铮,以它特有的方式站立在天地间,仿佛是一位刚刚凯旋的将军,洒脱而自信。

这株白杨树尽管生得比我迟,但它长得很是旺,短短几年未见,它的高度我就不得不用目光去丈量。白杨的树冠上零零散散还有几片叶子,早已枯黄,只是迟迟不肯离去,在凛冽的风中,哗啦啦地作响,那声响带着金属般的质感,像流泉落崖,似骤雨来临,迎着冬日清晨白晃晃的阳光跳跃着,闪烁着赤金般的光芒。

白杨树出身很寒微,又极其平凡。论材质它确实不够名贵,别说檀木、红木等高贵的木材了,就是和普通的松木、杏木相比它都逊色许多。北方的冬天,农人们习惯砍下它的枝干,放在一旁,等风干了当柴烧。论功绩,白杨树比不得苹果树、梨树、桃树,一生也结不出一个可口的果实,供人们品尝。然而生性倔强的它,基因里似乎生来就携带着一股子不屈不挠的犟劲儿,不用修剪,它同样不枝不蔓;不用浇灌,它扎根贫瘠,同样随遇而安,日夜旺长。春来吐绿,夏来绿荫,即使秋后被寒风剥尽了绿,它也绝不弯腰乞求。白杨树就如北方的汉子,天生无媚骨,即使是在最恶劣的环境中,它也是昂首向上,挺拔自信。我说白杨树是平凡的,这平凡并不是平庸,白杨树就和养育它成长的泥土一样,真实可触,朴实无华。

每一次面对白杨树，我总能想到我的爷爷，我的父亲，还有普天之下和他们一样生活在最底层的劳动人民。

身为一介平民，他们就像白杨树一样是平凡的，就在祖国的某一个角落，平凡地生，平凡地长，就如芸芸众生中的一滴水。他们没有可歌可泣的壮举，没有可圈可点的功绩，也没有什么宏图大志，一辈子只要有几亩可耕种的田，有几间可供避风挡雨的房，再养一头牛，就可以快快乐乐地走完自己的一生。从来到去，短暂的一生中，没有多少人会记得住他们的名字。

并不是每一只鸟都能飞向蓝天，但只要心中装着蓝天，一生都在快乐地翱翔。生活在最底层的劳动人民，是离大地最近的人。他们平凡的一生，风里来雨里去，脚踏着厚重的土地，懂得自己的使命，就像白杨树一样，昂首向天，春种、夏锄、秋收、冬藏，与大自然抗争着。他们朴实无华，坚强勇敢，他们勤劳善良，持家教子，遵守信诺，传承和延续着人类最美好、最基本的道义，真实的一生，坦率而执着，无愧于自己和社会，这样的平凡同样是伟大的，这样的平凡值得赞美和敬仰。

站在白杨树下，我双手扶着它挺拔的躯干，忘记了凛冽的寒风，忘记了冬天的寒冷，仰望着它挥洒开来的树冠，我试图和它对话。它根扎大地，敦厚的身躯多么像父亲宽厚的胸膛，靠近它我感觉很踏实，很安稳。

白杨树是平凡的，但每一株平凡的白杨树都值得我们用心灵去仰望。

向一株番茄下跪

番茄，俗称"西红柿"，一种最为常见的蔬菜，据说遍布全球。行走在乡村，我曾经花费很长时间去观察一株番茄的成长。

番茄的种子很小，小到人们食用番茄时几乎可以把种子忽略掉。就这样一粒小种子，一旦埋入泥土它就有惊人的爆发力。只要温度合适，湿度合适，它会迅速穿透泥土，顽强的生长力能把比它体积大数千倍，甚至数万倍的"巨石"顶向一边。

每一粒番茄种子都是一个勇士，只要给它一个机会，它就会还我们一个奇迹。它从不会抱怨天地的不公，从不会痛恨风雨雷电，它知道有了这些亲爱的"伙伴"，自己才能变得无比的坚强与勇敢。

有一种番茄生长在高寒地区（俗称旱地西红柿），这是我最喜欢的一种植物。不是喜欢吃它结出的果实，而是喜欢它顽强的毅力和不屈不挠的精神。每一次面对它，就像面对一个英雄，令人肃然起敬。

它不需要平坦的大地，越贫瘠的山地越是它最好的"舞台"。

它远没有苹果树魁梧，但它奉献给人们的果实却比苹果树要多得多。

它远没有玫瑰开出的花芳香迷人，但它却能结出含有多种维生素的果。

从开花到结果，一茬接着一茬，只要不被狂烈的寒风刮倒，不被冰冷的秋霜冻结，它就会一直开花，一直结果。

即使一场秋风横扫落叶，将它吹倒，匍匐在地的它，只要有一点阳光，就会挣扎着开一些花，结出最后几个果。

它没有大棚里的蔬菜娇惯，源源不断地奉献给人们甘甜的果实，需要大量的水分来供给，它却不需要，也不喜欢人们刻意去浇灌。

天气越干旱，它的生命就越顽强，结出的果实越甘甜。据种植它的人说，它不大的根须牢牢扎进泥土，一个季节一株旱地番茄可以从地下吸取两吨水，这种能量让人吃惊。

似火的骄阳下，它根扎贫瘠的旱地，倔强地生长。一个季节无数次结果，一次又一次开花，一次又一次收获，它毕生都在书写着两个字——奉献，直到生命完全终结。

面对它，我作为一个有思维、有梦想，行走在天地间的人，顿觉矮小，实感羞愧。

我喜欢旱地的番茄，曾经多少次走近它，因为它匍匐在地，我无法看到它的实际高度。它的每一朵小花，每一个果实，都让我感受到生命存在天地间的价值和意义。

我，向一株番茄下跪。

向毛竹致敬

自古君子多爱竹。在中国传统的"岁寒三友"中有竹，在著名的"四君子"中也有竹。古往今来，咏竹、赞竹、颂竹的诗、词、曲、文、绘画、书法、摄影等作品不胜枚举。如清代的郑板桥，一生爱竹，写竹，画竹，声名远播，留下了"衙斋卧听萧萧竹，疑是民间疾苦声。些小吾曹州县吏，一枝一叶总关情"的不朽名篇。

古人赞竹，赞竹的高耸、竹的坚韧、竹的刚直、竹的虚心、竹的常青、竹的圣洁，万篇诗文于一身，道尽了竹之清白、坚贞、顽强、谦虚的卓绝品格和气节。如赞竹有"十德"：身形挺直，宁折不弯，曰正直；虽有竹节，却不止步，曰奋进；外直中通，襟怀若谷，曰虚怀；有花深埋，素面朝天，曰质朴；一生一花，死亦无悔，曰奉献；玉竹临风，顶天立地，曰卓尔；虽曰卓尔，却不似松，曰善群；质地犹石，方可成器，曰性坚；化作符节，苏武秉持，曰操守；载文传世，任劳任怨，曰担当。

真正认识竹子，是前些年一次到四川。记得第一次走进竹林，手扶一株竹子，抬头仰望，被眼前一株株随风摇曳的、高大挺拔的生命所深深震撼。当地老乡告诉我，眼前的竹子名叫毛竹，它的全身百分之百都奉献给了人类。成品可以制作农具，搭建屋宇，打造家具或日用品，甚至可做成工艺品、乐器。从竹子中提取的竹纤维，可加工成服装或毛巾。

据说，竹筋经特殊处理后，其硬度可与钢筋媲美。竹笋就不用多言，更是菜肴中之美味。老乡说，竹中的提炼物，还可制成药物，有清肺、化痰、止咳、利尿之功效。甚至竹子加工整形后削下来的碎料，都不会浪费掉，是造纸的优质原料。

竹子，短暂的一生，粉身碎骨，奉献人类，难怪它能集千般赞美于一身，美丽的牡丹比不得，就连菊花与它比也会逊色许多。

置身竹林中，风吹过，能清楚地听到一株株竹子在风中晃动身姿的声响。老乡告诉我，那声音不是风过留声，而是竹子生长的声音。如果久坐竹林，静心观察，可以目睹一株株竹子一节节生长的过程。老乡告诉我，即使是在最恶劣的生长期，毛竹也会以平均每天近 2 米的速度疯长，15 天即可长到近 30 米之高。

我手扶着这高大的巨人，惊叹不已，连声赞叹它惊人的生长力。老乡笑着告诉我，这种毛竹前五年，几乎不见生长，每年生长不超一厘米。可以想象，五年时间里，周围的灌木很快超越了它，荆条抽出了长长的枝条，看到卧在地上的竹芽也会嘲笑它，甚至一株小草都比它长得快许多。五年，它始终如一，不骄不躁，默默无闻，匍匐在地，声色不动。

其实，不是毛竹没有长，在这五年时间里，它正以另一种方式生长。它将头颅深埋于地下，向地下生根，五年时间，一株刚发芽的雏竹，其根系已向周围发展了十多米，向地下深扎了近 5 米，每公顷竹子的根系可以长到 2.4 万千米。

到第六年的雨季来临后，你看吧，这懂得埋头不语、厚积薄发的生命，以平均每天 1.8 米的速度疯长，15 天即可长到近 30 米之高，巨者可高达 40 米，比十层楼还要高。

千里之行，始于足下，只有脚踏实地，方能昂首向上。毛竹，这种伟大的生命，用五年时间默默无闻，暗自积蓄着力量，用五年漫长的艰辛造就了瞬间的速度和惊人的高度。面对它，我感到汗颜，一个人如果仅有远大的目标，忍不住清贫，耐不住寂寞，不懂得脚踏实地、默默无闻、历练自己，很难有所建树。在快节奏的当下，有的人忙着上位，有的人忙着发财，"要成名就趁早"，试问有多少人能够真真正正静下心来，沉淀自我呢。

人往高处走是人之所求，前提是必须脚踏实地，坐够冷板凳。毛竹，这种自然界的草木，它用实际行动告诉我们：没有根基的"空中楼阁"再高再华丽也是危楼；不懂得脚踏实地、苦练内功、修炼身心，长得越高越经不住风。

在一株植物面前，我深感卑微。我抬头，向一株毛竹深深地致敬！

稻　草　人

夏天刚一转身，整装待发的稻草人就浩浩荡荡地出征了。

它们一个个精神抖擞，就像训练有素的士兵，手里挥舞着五颜六色的旗帜，在乡村农人的指挥下，纷纷地走向庄稼地里。

我非常喜欢这些没有生命，却能堂而皇之得到"人"之称谓的物件儿。每年的初秋时节，如若恰好行走到乡村、途经田野，我总会驻足很久，去静观田地里的稻草人，这些没有灵魂，没有思维，不能行走，更无法张口说话的稻草人，身上却携带着人类的善良和本真。

稻草人以树枝为骨、稻草为肌，穿着草衣，戴着草帽，像模像样地站在田地里，只要有点儿风，它们就会一刻也不停地摆弄身姿，成为乡村一道道最美的风景，这也是上千年来乡村特有的画面和图腾。

稻草人出现在田地里的时候，玉米开始灌浆，谷子低头正在忙着抽穗，黄豆秧上挂满了一串串如小爆竹一样的果实，南瓜秧的身上背着大大小小的包袱，累得气喘吁吁、匍匐在地。稻草人会在农人的调遣下，一个个被安排在不同的庄稼区域，它们的任务就是驱赶飞鸟，因为飞鸟会祸害庄稼。

如脚下的土地一样，这些穿越千年历史烟云，伴随着一代又一代农人走来的稻草人,已经成为农人们最亲密的盟友,农人们会非常放心地把整个秋天的收获交给它们,由它们看管。

其实,鸟儿并不是我们想象中的那样笨,不论是小麻雀还是大喜鹊,它们早已洞穿农人们的伎俩,尽管稻草人十分卖力地挥舞手中的旗帜,但飞鸟照样会去偷吃即将成熟的谷子或黄豆,渴了就啄那红彤彤的像小灯笼一样的西红柿,吃饱了它们会旁若无人地站在稻草人的头顶上或肩膀上相互对话或放歌。

整个秋天下来,你去看吧,一个个累得东倒西歪的稻草人,它们的头上、身上满是鸟粪。甚至有的飞鸟,为了宣誓自己的胜利,会在稻草人的头顶上做个繁衍后代的窝。

乡下的农人很清楚这些稻草人的作用并不大,但下一年,他们依旧会绑制几个稻草人在地里,代代延续,周而复始,仿佛这是一道必须有的程序。

有人说,稻草人是虚假的象征,空有一副架子,没有实际作用。也有人把稻草人看作是默默守候、任劳任怨的化身,它们任凭风吹雨打,任凭时间流逝,忠心无人可比。

我之所以喜欢稻草人,是因为我从稻草人身上看到了人类本该有的、纯净的灵魂。可以试想,面对飞鸟糟蹋庄稼,我们的先民并没有采取极端的方式去除掉那些讨厌的家伙,而是做一个稻草人在地里,就像用一句"狼来了"来哄骗淘气的孩子一样哄骗鸟儿,代代相传,沿用至今。

或许乡村人不会讲敬畏自然、和谐共存的大道理,但千百年来,他们知道,在同一块土地上,每一只飞鸟都是他们的亲人,他们舍不得伤害他们,他们懂得,人活着就是与自然共生存。不管是海洋生物、高原动物、昆虫世界,还是广阔的森林,都和人类有着最密切的关系,也正是有了这成千上万种生物的"恩赐",人类才得以生存和繁衍。

稻草人站在乡村的田地里，就如一部文明史，记载的是千百年来人类敬畏生命的美德以及先人对后人"敬畏生命，敬畏自然"的告知和警示。

小米的传承

太行山多梯田。群山交错中，梯田依山而成，或曰"山腰带"，或曰"绕山转"。沟沟梁梁间，大大小小的村庄就如散落的珍珠隐藏在山之密林深处。但凡有村庄的地方，就会有梯田，蜿蜒曲折的山路仿佛一条条丝带，将梯田与村庄的袅袅炊烟紧紧相连，远远望去，宛若水墨丹青，如诗如曲，意蕴流畅。当年陈毅元帅在《过太行山书怀》中写道："园田村舍景，无与江南异。"这祥和而宁静的画面，也是数千年来生生不息的太行山里人得以延续和生存的重要图腾。

和太行山一样，土层薄石头多的梯田生来秉性耿硬，特别认生。假如你不是土生土长的太行山里人，不晓得梯田的脾气，遇到秋后翻地，万万不得逞能。力道稍不均匀，一镢头落在石头上，"咣当"一声，震得手腕发麻，指间开裂，钻心地疼。

四季分明的太行山，冬季其实很漫长。呼啸的北风似乎要将层层梯田里仅存的一点水分抽干。天气转暖，风也变得温顺了许多。此时，不管有雨还是没雨，太行山里的人就坐不住了，他们赶着牲口倔强地走出家门，沿着蜿蜒的小道走向梯田，在干得冒烟的梯田里播种,饱满的谷种们仿佛与农人有着某种约定,她们很乐意地入土,愉快地生根发芽。

小米作为太行山里人的主要口粮,有数千年的种植历史,无墒播种并不会影响到她们,那顽强的小精灵就像百折不挠的太行山里人,完全融入了太行山的环境,她们的命就像太行山里人的命一样硬,只要有一点湿气就会扎根,只要有一点希望就会顽强地生存。

"只有青山干死竹,未见地里旱死粟。"春播一粒种,遇到大旱年,秋天也能收三分。那播入泥土的谷种,如英勇的士兵,开石留印、抓地有痕,尽管身躯渺小,但能在最贫瘠的环境中迎寒风,顶霜雪。一位农人告诉我,如果足够安静,耳朵贴近下种后的土地,就会听到谷子们在地下顽强地推动石块和泥土的声音。我想,那声音定是生命的雷霆。从地下到地上,从黑暗向光明,是一段十分遥远的路途,一次成长就经历一次生死,一次破土就是一次开天辟地,在太行山上,她们总是以英雄般的姿态,在天地间挥洒自如地享受着十年九旱的环境,充分适应着每一个节令。

或许她们没有穿破坚硬的泥土就会累得夭折,或许她们刚刚露头就会被残酷的倒春寒击倒,被无情的风吹折,或许等待她们的还有更多劫难,比如干旱、瓢泼的大雨、冷酷的冰雹、呼啸的狂风、怒吼的雷霆,但她们一如既往、大义凛然、坚贞不屈、义无反顾,这就是一粒小米的成长过程。

作为土生土长的太行山里人,小米就是娘。喝得最多的就是小米粥,吃得最多的就是小米干饭。记得小的时候,父亲经常对我说:"吃小米饭长大的太行山儿郎,就应该像太行山一样敦厚,像小米一样懂得奉献,知道感恩。"

那时候对父亲的话似懂非懂,长大后才慢慢明白:生长在太行山上的小米作为一种高寒作物，就像一面旗帜，传承着生于贫瘠而哺育一方的大善大勇。然而她们从不张扬，这一株株与华夏齐肩，穿越数千年行程，默默地滋养了无数生灵的精灵，走向秋天总是谦卑地弯着腰低着头，颗粒越饱满，头颅低得越深，仿佛是向哺养她的大地深深地鞠躬。

小米滋养了一代又一代太行人，在太行人眼里，小米比赤金还要珍贵，分量和太行山一样重。病了，喝一碗小米粥，胜过鸡汤；饿了，吃一碗小米干饭，比山珍海味都要香。我的外公作为一名曾经征战在太行山上的普通军人，历经九死一生，身上留下了累累弹伤。生前他经常对我讲，每当唱起那首《我们在太行山上》，他总会热泪盈眶，总会想起那硝烟弥漫的战场，想起那一碗碗香甜的小米粥。

清明节回乡下，正赶上乡亲们播谷，走进梯田，望着亲人们那熟悉的姿态，轻轻地蹲下身，手捧着饱满的谷种，久违的气息，让我忍不住泪流满面。

从农村到城市，尽管一路脚步匆匆，但我深深地懂得：无论行多远，永远记得手捧良知面向世界，真实不做作，谦卑不骄傲，踏实不浮躁。因为我是吃着小米长大的太行山里人，那是我的根，我的血脉，我的魂魄。

一捧黄土阅苍生

秋天转过身，急慌慌地走了，只留得白杨树上，几片孤零零的黄叶，在风中哗哗啦啦地作响。它们迎风欢呼，仿佛在向苍穹诉说刚刚走过的金秋，是多么的丰盛，多么的醉人，多么的辉煌。这些黄叶作为天地间的参与者和亲历者，见证了四季中的一个轮回，走过了生命从孕育到收获的一次旅程。

怒吼的风，如万马狂奔，席卷大地，苍茫之中，我迎风行走在收获后裸露的田野中。我已经习惯了这样的行走，此时，若是站在一块荒石上，抬头望去，目光会变得无限开阔，四野通透彻亮。远处几株收获后的玉米秆，或许是侥幸躲过了农人的镰刀，它们没有在风中倒下，而是以一种顶天立地的姿态挺立着，像巨人。

淘气的风，在我的四周撒了欢似的奔跑，跑出独特的、类似狂欢的声响。我停下行走的脚步，轻轻地蹲下身，小心翼翼地试着去接近脚下的黄土地，若是时间容我，我愿就这样蹲着，用一生的时间去接近这赤金般的土地。

刚刚完成一次生命的哺育，厚重的土地仿佛还在喘息，似乎散发着热乎乎的气息。赤金般的黄土地，发出赤金般的光芒，锋利的光芒刺向我的眼睛，我的身体，我感受到的是比风、比闪电、比雷霆还要强悍的力量。我知道那是催生万物，托天撑地，直面风雨，穿越亿万年的黄土的力量。

或许这黄土曾经只是宇宙间一粒粒尘埃，或许它们从来就在这里,亿万年来,风奈何不得,雨奈何不得,闪电和雷霆只能让原本厚重的变得更加厚重,让原本坚强的变得更加坚强。

在天地间,无论是伟大的还是渺小的,璀璨的抑或萧条的,在敦厚的土地面前都会寻找到最终的归宿,土地总像一位宽容慈爱的母亲,默默承载,承载幸福或不幸,承载罪过或忧伤,承载人类的卑微或自大。

我轻轻地捧起一捧黄土,手里立即有了湿漉漉的温度。我知道此时的大地已经安睡,她太累了,需要休整,就如累极了的母亲,睡得那样的安静,那样的端庄。低头的瞬间,耳畔仿佛可听到醉人的鼾声。

一捧黄土,就是一个世界、一个宇宙,这亿万万粒细小的尘埃凝聚成的赤金,捧在手里,顿感沉重。这粒粒赤金,每一粒都是孕育万物生灵的种子,每一粒都是活着的,都是有血有肉,有灵性的。《易·系辞传》中说:"安土敦乎仁,故能爱。"如果翻开厚重的世界文化史册,追溯宇宙和人类的起源,穿越亿万年历史烟云,你会吃惊地发现不同地域、生活方式各异、语言有别,但结论居然如出一辙,万物的起源都离不开泥土。

在中国,有女娲用黄土创造人类的神话;在希腊,有大神宙斯让普罗米修斯用泥和水捏人的故事;在古巴比伦,有天神马杜克用芦苇、泥土和水造人的传说;在古希伯来,说是耶和华用泥土塑造出亚当,再创造出夏娃……

如果说上述都是神话,是传说,那么浩浩荡荡的人类从爬行到站立,从游牧生活到实现农业定居,正是因为有了泥土。泥土长百谷,人得食,牲畜壮,泥土制作器物满足了生活的必需。人类也正是因为有了定居,有了农业生产,才逐步从万物的生长中明白了季节的更替,懂得生命的死灭和复苏,才有了二十四节气,有了当今的文明。

在风中，我忍不住低头，就如婴孩靠近母亲，本能地、深情地去亲吻那赤金般的泥土，我闻到的是孕育的味道，是收获的味道，是五谷杂粮的味道。那味道里有父亲的汗水，有母亲的奶水，有先祖焚香祭天时散落的香火味，有王朝更替之际，战马驰骋，攻城略地的战火味。

回望三皇五帝，唐宋元明清，厚重的上下五千年，在一捧泥土面前都成为一个缩影、一个片段，仿佛一瞬间，多少恩恩怨怨，多少得失成败，都掩埋在这无言的泥土之中，成为其中一部分。

在北京、在西安、在洛阳，每一次走过曾经的帝王皇城，无论是青砖堆砌的建筑，还是黄土筑起的城墙，遥想当初，一个个智勇无比的一代雄才，谁都想千秋万代，永世恢宏，就在他们发号施令中，就在他们为求长生绞尽脑汁时，就在他们得意忘形的时候，暮鼓已经敲响，另一个王朝的晨钟高鸣，纵观古今多少事，是非成败都是空。

我无法知道，脚下的土地中，到底安葬着多少赤胆忠魂，他们或许曾经叱咤风云，或许独领风骚，短短几十年，来自泥土，回归泥土，再彪悍的人，一旦接近泥土都会变得温顺。

大地是安详的，时空是永恒的。南来北去的雁阵，聚了又散，散了又聚。人类确实有无限的可能，可以创造意想不到的奇迹，但面对土地，轻若鸿毛。辉煌也好，苦难也罢，任何时候，都不要丢失敬畏之心，在厚重的土地面前，人类和草木、鸟兽，甚至昆虫一样，都有一个共同的名字叫"苍生"。

一 株 小 草

"离离原上草，一岁一枯荣。野火烧不尽，春风吹又生。"

深冬，信步郊外，蹲下身安静地注视一株干枯了的小草，仿佛能聆听到泥土下生命的萌动。

我不知道当时年少的白居易是如何将小草的秋枯春荣描绘得如此生动，传说他五六岁时就懂得声韵，十五岁就能吟诗作赋。

十七岁时的白居易（有史料说是十五岁），学识满腹，有一次他携带自己的诗文赶往长安，拜访当时的名士顾况。顾况看他年轻，又见他的名字"居易"二字，便笑道："长安米贵，居大不易。"可想当时的白居易无人能识。然而当顾况翻开白居易的诗卷，读到"野火烧不尽，春风吹又生"两句时，不禁连声赞赏说："有才如此，居亦何难！"于是设宴款待，多方宣扬，白居易的声名大振。

当时，白居易是不是因为这首《赋得古草原送别》（又名《草》）而成名，实难晓得。但我最初是通过《草》知道了白居易这个名字，是通过他的"野火烧不尽，春风吹又生"懂得小草的顽强。

小草是自然界最卑微的植物，原野里，大树下，悬崖上，石缝中，只要有一点土它就会生根，只要有点湿度它就能疯长，就能春生、夏花、秋果、冬枯，完成一个轮回，成就一次生命的历练。

即使是行走的人把它踏平，怒吼的烈火把它烧光，饥饿的牛羊把它啃尽，只要还留有一点根，来年一阵春风，一场春雨，它照样萌生。

　　我喜欢草,喜欢它的顽强和执着。安静的郊外,注视一株小草,就像仰视一位打不败、摧不垮的英雄,它低矮的身躯里裹着的是一颗昂首向上的心。

　　如果说是白居易的《赋得古草原送别》让我懂得小草的顽强,那么正是那个让歌曲《小草》红遍大江南北的人让我明白生命的真谛,明白小草的另一层含义,其实他本身就像一株顽强的小草。

　　他是一位双目失明的人,是一位战斗英雄,名字叫史光柱。在边境作战中,史光柱在 4 次负伤、8 处重伤、双目失明的情况下,带领全排收复了两个高地,胜利完成了战斗任务,战后被中央军委授予"战斗英雄"荣誉称号。

　　后来,他靠顽强的毅力、执着的追求学会了盲文,成为我国第一个获得学士学位的盲人。

　　史光柱是在一次偶然的机会听到话剧《芳草心》里的主题歌《小草》,当时他完全陶醉了,虽然这首歌朴实,却动人,虽说这首歌没有大的起伏和激昂的旋律,却简洁质朴地表达了芳草对大地的感情。

　　一次在人民大会堂做报告时,他唱着《小草》作为结束语,赢得了经久不息的掌声,当时中央电视台以现场直播的方式让全国人民记住了史光柱,记住了这棵小草。

　　后来有人将《小草》的词作者署名为:史光柱。他一再重申这不是他写的。不管这首《小草》到底出自谁手,但在我眼里史光柱就是一株顽强的小草,"野火烧不尽,春风吹又生",他的生命蓬勃而顽强。战场上他是英雄,双目失明后依然是英雄,他先后出版了 6 部诗文集,17 次获国家级文学奖,许多作品被翻译成俄、法、英等多种语言并广为传播。2000 年,在国家有关部门举行的对中华民族千年思想文化有卓越影响的人物评选中，他是唯一入选的新中国英模，被誉为中国的保尔·柯察金。

一株小草，平凡的小草，有点卑微的小草，在它的身上我看到了不屈，读懂了顽强。

没有花香，但它比花更让人敬佩；没有树高，但它比树更值得敬仰。风能把大树连根拔起，原野上的小草却安然无恙。历经岁月的沧桑变幻，小草依然容颜未改，一生根扎实地，昂首向上，足迹遍布万水千山，染绿大江南北，装点锦绣山河。

一株小草，值得用一生去仰望！

路中央长着一棵白杨

行走在乡村，我看到弯弯曲曲的一条乡村小道，就像一条丝带，穿过村庄，绕过房屋。遇到小河，几块石头一字排开来就是一座桥，从一块梯田通向另一块梯田。如果一阵风卷着一粒树种子，正好落到了路旁或者说路中央。种子发芽后，这一棵树就很容易长错位置。

如果小道途经之处，原本就长着一棵树，能绕开来走，乡村人一般不会动树，会绕一个小弯躲过长着的树，如果真正绕不开，路与树就发生了冲突。长在小道中央的树就像一个淘气的孩子挡住了大人的路一样，是很不招人待见的。

一棵白杨树就长错了位置。不知道是有路在前，还是有白杨树在前，反正在弯曲的一条乡村小道上，偏偏长着一棵白杨树。

这棵白杨树就和人发生了冲突。树冠长大了，枝丫多了，碍事了。乡村人就会找一根铁丝或结实的绳子，把树冠拴住用力拉向另一个不碍事的方向，然后牢牢系在一块大石头上。一棵笔直的树就因为碍了人的事，被人上了刑，被人改变了生长的方向，身子扭向了一边，不再笔直。

　　除了人之外，畜生也会毫无顾忌地去欺负路中的一棵树。

　　暮色四起，下地归来的乡村人牵着一头驴，来到树边时，驴会停下来，放着路边的青草不吃，专门去啃树皮。驴似乎很有耐心，慢慢地啃出一个缺口，然后用牙齿咬紧了一块树皮，用力一拉，只听"刺啦"一声，一块树皮就被拉了下来，暴露出光秃秃的躯体，人不会去刻意管它，谁让这棵树碍事呢。

　　一只黄狗欢奔乱跳地路过白杨树旁，它也会停下来，头都不抬一下，就会旁若无人地翘起一条腿，冲着树撒尿。

　　没有皮的树，依然会顽强地生长。它不会轻易死去，尽管被人为地改变得弯弯曲曲，被畜生啃得面目全非，但它依然会一天比一天健壮。

　　长大的树，打一个弯后，又长了回来，树冠再次长大，再次碍事，人不留情了，斗争加剧。

　　一个如血的黄昏，一个人拿着一把斧头，来到树前，围着树转一圈，然后直接把树砍掉了。

　　干净了，一棵树成了一个桩。

　　斗争似乎结束了，最后人取得了胜利。

　　然而，随着岁月的流逝，一阵风吹过，一场雨下过，砍树的人老了，走了。忽一日，人们惊奇地发现，树并没有死，在砍掉的、已经干枯了的树桩上又长出了新枝。

两 块 石 头

在黄河滩村的山脚下,有两块石头,一块叫"奇怪",一块叫"平常"。在亿万年前那场惊心动魄的造山运动中,"奇怪"和"平常"伴随着太行山的雄起而横空出世。

"奇怪"被大地无情地抖落在一个突起的山梁上,孤零零地接受着风雨雷电。"平常"却被丢弃在一个长满原始植物的山谷中。

亿万年中,"奇怪"和"平常"各自坚守原地,"平常"透过茂密的枝叶缝隙可以望到"奇怪","奇怪"却看不到"平常"。

有一年,一场灾难袭击地球,太行山也未能幸免,乌云笼罩着天穹,红色的球形闪电咆哮着,一次又一次直击大地,"奇怪"在闪电中颤抖着,被灾难折磨得千疮百孔,"奇怪"成了一个奇怪的模样。

灾难过后,瓦蓝的天空如水般洁净。当风从"奇怪"身上的缝隙中吹过时,奇迹发生了,千疮百孔的"奇怪"能发出动听的歌声,那声音随着风力可以传出数里之外,仿佛是天外来音。山谷中的"平常"望着山梁上的"奇怪"吃惊。

"奇怪"的歌声,引来一批赤着脚的人,他们身上裹着兽皮和树叶,用宽大的手掌抚摩着"奇怪",不断发出哇啦哇啦的叫声。"奇怪"的身上被涂上了各式各样的符号,身边堆着兽肉,插着杨柳树的枝条,赤脚人围着"奇怪"唱啊跳啊,好不开心。他们把

"奇怪"当作神物来顶礼膜拜,从此"奇怪"不再孤独。

此时,山谷中的"平常"望着山梁上的"奇怪",开始羡慕,它也想成为"奇怪"。

有一天正午时分,突然间天地一片漆黑,发生了日全食。这些赤脚人不知道发生了什么,他们把突然丢了太阳这件事情全怪在"奇怪"身上,他们叫着喊着纷纷涌向"奇怪",哇啦哇啦喊着用棍棒将"奇怪"挪到一个坑里用土掩埋。此后,"奇怪"再也看不到蓝天白云,在深深的泥土下饱受孤独。

数万年过去了,一场又一场大雨过后,泥土被一层又一层冲走,"奇怪"慢慢重见天日,此时的大地已经成了另一番景象,山梁下有了村庄,有了梯田,人们井然有序地忙碌着,种着五谷,天空中还偶尔有飞机轻轻掠过,这已经是一个全新的时代。

山谷中的"平常"沧桑了许多,身边高大的树木消失了,成了梯田。它远远地望到山梁上自己的老伙计"奇怪"露出地面后很开心。

这一天,一个摄影师来到山上,他从"平常"的身边走过,来到山梁上无意中发现了"奇怪",就像发现了新大陆,忙着满头大汗,一通拍照后,"奇怪"的形象出现在报纸上、挂历上、网站上,甚至被印制在人们穿的汗衫上,"奇怪"一夜成名。又有一批人上山了,他们不再是赤脚,而是穿着鞋子,几个西装革履的人带着几个拿着铁锹的人,这次他们没有把"奇怪"掩埋,而是将它高高地支在一个水泥做成的台阶上,四周围上了栏杆,"奇怪"身上的泥土也被清理干净了,"奇怪"又开始在风中发出动听的歌声。

一块石头能唱歌,消息一时间通过媒介传遍了整个世界,一批又一批前来参观的人,都发出同样的惊呼:"好奇特的石头啊!"

　　此时孤零零的"平常"，远远地望着"奇怪"，听着人们对"奇怪"的不断感叹，像数万年前一样它又开始羡慕"奇怪"，总感觉"奇怪"从出世那刻起命运就比它好，站的位置比它高，在灾难中不但没有毁灭，反而多了能发出声音的功能。"奇怪"为什么就这样走运呢？"平常"想。

　　"奇怪"的名声越来越大，有的人不远千里来看它，为的就是和它合个影；有的人为了等来一场风，听它一展歌喉，在山下一住就是一周，甚至更长。山下新修了宾馆旅店，一个小村庄因为有了它而变得异常繁荣，它成了村庄的"摇钱树"。

　　一些厂家按着它的模样制造的纪念品，十分热销。它也有了自己的名字，叫"天外来石"，甚至它的身世也被篡改，说它原本是来自天上的一架乐器，有一天，天宫中的众多乐手在操练一支新曲，准备在三月三蟠桃会上为玉帝献上，结果一位乐手不慎将自己的乐器跌落凡间，正好遗落在太行山上，变成了一块石头。甚至有专家前来，拿它做研究。关于它的形成也争论不休，有专家说它是造山运动的产物，也有专家说它是后来自然风化的结果，还有专家说它来自外星。

　　山谷中的"平常"，还有众多的石头们都开始羡慕"奇怪"，都想成为"奇怪"，在太行山上的石头界，"奇怪"成了明星，成了榜样。

　　由于"奇怪"太出名了，一些不怀好意的人也悄悄地盯上了它，这些人经过仔细勘察后，终于在一个漆黑的夜晚开始动手，他们将"奇怪"挪上了一辆大卡车，拉走了。

　　一路疾驶，他们必须在天亮以前将"奇怪"藏到一个最隐秘的地方，结果飞速的卡车在一个盘山道上落下悬崖，车上 15 个人当场毙命。

"奇怪"从卡车里飞出后,从万丈高的悬崖上飞落,当即解体。就这样,诞生于亿万年前的一块石头,历经无数灾难,最终粉身碎骨。

第二天天亮后,山谷中的"平常"和众多的石头都发现"奇怪"消失了,它们不知道"奇怪"到了那里,但它们相信,"奇怪"一定是被送到一个更好的地方,供更多的人赞扬,因为"奇怪"是明星。

"平常"在想,如果有一天自己能成为"奇怪"该多好啊!

众多的小石头们也怀着和"平常"一样的梦想,它们都把"奇怪"当作了榜样!

然而最终粉身碎骨后的"奇怪",每一个碎片都在想,我要早这样平平常常地享受一块石头本应该有的安详该多好啊!

第四辑

居住在村庄里的动物昆虫

一只流浪的狗

　　这是一个很美好的清晨，它夹着尾巴，慢腾腾地走过曾经留下过辉煌的红星街。现在的红星街已经完全变了模样，改名叫"步行商业街"。同样是商业街，原来高低错落的商铺，如今成了整齐的高楼。它最喜欢的那家豆腐作坊不见了，变成一家首饰店，它清楚地记得，豆腐作坊的老板是个满脸堆着笑容的驼背老头。

　　那时的清晨，当东方出现第一缕朝霞的时候，作坊新鲜的豆腐就出锅了，热气如浓烈的白雾席卷半个街道，清新的空气中到处都是香，那是新豆子粉身碎骨后的香，这时它会闻香而来，出现在作坊的门口。

　　"真是个馋鬼，闻到香气就来了。"作坊的老板，那个可爱的驼背老头，腰间系着一条深蓝色的围裙，看到它后笑笑，扔给它一块豆腐，它很精准地接在嘴里。其实它并不饿，它只是喜欢在清晨嚼一块豆腐。

　　现在一切都变了，它咂巴咂巴嘴，逗留在首饰店门前，使劲去回忆那豆腐的香。它知道自己如今没有任何优势，它是一只土狗，已经年老的土狗，没有漂亮的毛发，不会向人撒娇，它必须小心翼翼，否则一不留神就会招来脚踢或棍打。

　　流浪了五年，浑身带着伤，有皮鞋的踢伤，有钝器的砸伤，甚至有刀子的扎伤。一次它被几个人捉了去，准备吃它的肉，结果刀子下去后，发现狗太老，肉不够新鲜，就放了它，它死里逃生，感到幸运。

"喂，犀利哥，今天吃屎了没有啊？"一个浑身毛茸茸、大耳洞的家伙看到它，很不友好地打招呼。

"给我闭上你的臭嘴，你这个死兔子！"它回应。

它不喜欢这个外来物，叫什么"可卡"。听听，多别扭的名字，长得和兔子似的，还有资格归到犬类，每天让人拴着绳子牵着走，没有自由，没有尊严，没有灵魂，有什么资格耀武扬威，或许内心最卑微的家伙才喜欢趾高气扬吧。它想着继续向前走去。

在过去，它曾经是这条街上出了名的英雄。在一个风雨交加的夜晚，它独战五个盗贼，保住了一家丝绸店，自己受了重伤，被丝绸店的老板救活。后来，李家粮店、张家油坊、霍氏五金等等，在一个个深夜，偷盗者还没有来得及行动，就被它成功击退，它威名远播，成为这条街上公认的英雄。那时，它昂起头来回巡视着这条街，四周商铺里的人跟它打招呼，给它食物，它集一条街的宠爱于一身，是何等的威风。

"嗨，土老帽儿，你知道什么叫火腿吗？"这时，一个长得类似大松鼠的家伙远远地对它喊道。

"你这个讨厌的老鼠，那个西班牙水手，当初怎么不把你扔到海里呢。"它说。

它知道那个家伙的身世，叫什么"比熊"。看它那样子，还有脸和熊比。这些家伙早先在一个小岛上生活，后来跟随西班牙水手从一个洲转移到了另一个洲，13 世纪时意大利水手又把它们带到了欧洲大陆上，后来慢慢遍布全球。

它躲过那只"大松鼠"，它不想和它发生冲突，不是怕它，是怕牵着它的人。它感觉自己老了，脚步明显没有过去灵活，听觉和嗅觉都没有过去灵敏，反应变得迟钝。从何时走向落魄，它记不清楚了，总之没有固定的食物来源，还被那些外来的、仗着人势的家伙们侮辱、欺负，它不敢反抗，如果惹来麻烦，轻者被打，重者丢命。

它已经两天没有吃东西了，很饿。尽管这条街已经不需要它了，甚至讨厌它的存在，它饿着肚子也会走，仿佛一种使命，每天必须走完一趟。只有行走在这条街上，它才能找回一点自信。它想昂起头走，或许是太饿了，刚一抬头，就感觉眼睛发黑，脚下的路变得模糊，它跌倒在地上喘息着。

"你这条死狗，快走开，别挡在门口。"商场门口的保安，用脚狠狠地向它踢去，它感觉脑袋瞬间被踢碎了，它努力挣扎了几下，又跌倒了，它太饿了，感觉自己的生命走向了尽头。

上午，步行街正繁华。不同的人，各式各样的鞋子从它的面前经过，它奄奄一息，大口喘息着，有人踏着它的尾巴走过，有人踩住了它的爪子，它很疼就是无力出声。

"为什么不打电话，让管理部门把这只死狗拖走，太影响市容了！"

"直接扔到旁边的垃圾箱算了。"

一些人在它身边议论着，有人踩着它的头说："看来这老狗是真死了，皮毛值不了几个钱！"

它很想动一下，心里想着却无力去指挥身子，身边嘈杂的说话声变得越来越缥缈，越来越模糊，感觉自己真的要死了。

"抓贼啊，他抢了我的包，抓贼啊——"

突然，一个女孩的呼救划破街道的安详。

一双运动鞋从它的眼前迅速穿过，接着是一双高跟鞋。它微微睁开眼，蒙眬中看到一个女孩追着一个男子跑，男子手里拎着一个女式皮包。

街上的行人纷纷躲闪,四周冒出无数个手机正在拍照。

女孩追不到拎包贼,累得蹲下身用手按着腹部,望着四周看热闹的围观者、拍照者、议论者,流露出绝望的眼神。

就在这时,人们突然发现那只已经死去的老狗摇摇晃晃站了起来,只见它"嗖"地一下,蹿出好远。

是它,饿得奄奄一息的它,听到女子呼救和绝望的哭喊,仿佛听到使命的召唤,一股神奇力量传遍全身,它浑身毛发突然竖起,猛地站起,箭一般向贼冲了过去。

拎包贼一声惨叫,被它扑倒后死死地拖住,女孩的包被它夺了回来。

有人报了警,警察赶到现场,只见这只年老的土狗,并没有伤害拎包贼,只是死死地咬着他的衣服,停止了呼吸。

一 头 老 驴

我劝说了多次,父亲和母亲执意不愿意进城,是因为一头老驴。

老驴的年龄和我差不了多少。我刚学步的时候,家里种着八亩地,需要人手,父亲就背着二斗刚刚下磨的新米到邻村换回来一头驴。

驴刚被父亲牵回来的时候还是个驹子,耕地、拉车总有一股子使不完的野劲儿,没少讨父亲和母亲的欢心。黄昏,父亲背着犁铧在前，驴跟在身后，披着金色的晚霞一路向村里走来，父亲和驴总有说不完的话，有时像是在说驴，有时又像是在自言自语，驴跟在父亲身后直着耳朵听着，总是默默地一声不吭。

　　驴跟在父亲身后往往听着听着就会停下来去啃路边的青草，父亲走一阵子后发现没有了驴，就会站在原地等，驴吃几口草后发现父亲走远了，就会一路奔跑赶上站在原地等待的父亲。父亲等到驴后总会说："急啥，都累一天了，吃点吧！"驴仿佛听懂了似的，头使劲儿晃晃，用鼻子"哧呼"几声，算是回应。从地里到家里十分钟的路程父亲和驴能走一个小时。

　　驴在过去对于庄稼人来说就是最忠实的劳力，也是家里的成员，每年的春播秋收，驴总是和庄稼人一样奔波忙碌在金色的田野里。收获后，人食谷子，驴食谷草，大地一复苏，人和驴就会同时出现在地里，周而复始。

　　一头驴养久了，无论走多远，不用管它，它总会自己走回家来，驴从不会迷失方向，更不会偷懒。在拉车时，遇到一个陡峭的土坡，驾车的人总会跳下车来帮驴，驴会四只蹄子紧蹬，有时前蹄会跪倒在地，几乎是用完浑身的气力也要把车拉上陡坡，上了坡后又会默默地继续前行，没有一点怨言。家养的狗有时会伤人，但家养的驴从来都不伤人，忠实得让人想哭。

　　后来我长大了，进城工作了，驴依旧伴着我的父亲和母亲。村里也开始有了拖拉机，有了磨面机，驴闲了成了庄稼人的累赘，卖驴的卖驴，宰驴的宰驴。父亲说邻居张大爷家的驴养了九年，宰它的那天，它像是预感到什么似的，从早晨开始眼里的泪水就吧嗒吧嗒一个劲儿往下流，但自始至终都是默默的，没有像宰猪一样嗷嗷地叫，一刀下去，驴的四只蹄子猛蹬了几下，最后做了个拉车的姿势死去。

有人曾出高价买父亲的驴，闲下来的驴在父亲和母亲的精心喂养下很壮实。父亲也尝试了几次去卖驴，但都没有卖掉，每到关键时刻父亲就反悔了，不卖了。每天父亲把驴从圈里牵出来晒晒太阳，然后再牵进圈里，老了的驴就像一位历经岁月沧桑的老人，走得四平八稳的，完全失去了刚牵回来时的那股子野劲儿。

记得我回去看望父母时，驴用鼻子发出哧呼哧呼的声音，像是在跟我打招呼。我要返城时父母送我走，驴瞪着大大的眼睛看着父母，耳朵直直地竖着，听着，父亲说："好好地待着吧，我不会扔下你不管的。"后来我才知道驴真的很通人性，它是怕我把父母带走了，扔下它没有人管。

父亲和母亲现在依然在乡下，就因为一头老驴。

羊与狗的故事

早上，上班途经一个十字路口，停下等红灯。身旁一个中年人骑着摩托车，身后带着六只羊。羊的腿被绳子牢牢地捆绑在一起，头相互挤在一起，动弹不得。

羊瞪着乌黑的眼睛张望，是好奇，是惊恐，是无奈。

我无法知道它们在想些什么，我想它们肯定不知道接下来会发生什么。它们被这个骑摩托的人从山里拉进城，或许在那个羊群里，这六只羊吃得最壮。

在羊群里，它们曾经雄赳赳气昂昂，它们曾经争抢过别的羊的草料，它们曾经欺负过几只小羊，它们大口吃草料，梦想长得壮实一些,再壮实一些,也好在羊群里"称王"。

它们非常信任自己的主人,主人给它们喂草料,主人给它们梳理蓬乱的羊毛,主人精心照料它们,还奋力帮着它们赶跑前来偷袭的狼。

偶尔有一只羊不幸被狼袭击了,送命了,或许主人还会蹲在羊的尸体边,惋惜,甚至落泪。

羊死心塌地跟着主人,在它们的眼里主人不会伤羊,也不忍心伤羊。

绿灯亮,摩托车拉着羊一路远去,羊望着行人和车辆远去。

我想,此时羊肯定还在想念自己的主人,在它们的心里主人不会伤羊,也不忍心伤羊,它们永远也无法知道出卖它们的正是精心照料它们、为它们梳理毛发、帮它们赶走狼的主人。主人喂养它们的时候,穿着它们的皮毛做成的衣裳,喝过它们的肉做成的汤。

中午,下班回家,村里的朋友给我打电话说,有上好的狗肉,托人给我捎来些。我在电话里说,算了,这么老远,再说我也不喜欢吃肉。

朋友说,非常香,冬天吃狗肉是最好的季节,再说又是自家养的狗。

我问,是那只黑狗吗? 他说,是。

去年,我去他家的时候,那只黑狗还死守着大门,张着血盆大口叫着,不让我走近院子半步,亏得朋友及时出来喝住,否则我就惨了。当时朋友说,这只黑狗养了快七年了,非常忠实,吃饱喝足了,不离门口半步。

电话里我说,你怎么把黑狗杀了啊? 朋友说,黑狗老了,又养了一只新狗。

就这样,赤胆忠心为主人看家护院一辈子的老狗,最终没有看守住自己,让主人断其喉,啖其肉。

三只狗的命运

一只母狗生了三只小狗。第一只狗浑身尽白,名曰小白。第二只狗浑身乌黑,名曰小黑。第三只狗黑白兼色,名曰花花。

小白被一位贵妇人买了去,可谓一步登天,成了妇人的心肝,耀武扬威,好不威风,见了同类就炫耀:"我妈是富婆!"

真是怪哉,人怎么能认狗当儿呢?事实确实如此,那妇人一口一个"乖儿子",叫得甚是亲切。

忽一日,小白得急病死了,贵妇人哭得哇啦哇啦,买了一块上好的墓地把它埋了。

小黑被一个包工头买了去,它的使命是看守工地。小黑倒也吃不愁,住有窝,就是没有自由,一根绳索上了脖子就是一辈子,整日被困在工地大门口,时时处于半睡半醒状态。某一日,工地丢了几根钢材,包工头不问青红皂白,挥起鞭子对小黑就是一顿揍。小黑忍着剧痛,缩在墙角,瞪着泪汪汪的眼睛,它甚至都不知道挨打的原因。

偶尔有流浪狗经过,跟小黑打招呼:"嗨,老兄,知道东山吗,那里有个垃圾场,每天都有大鱼大肉,吃都吃不完。"小黑摇摇头,它不晓得东山和西山。

病死后的小黑被包工头卖给了狗肉贩子,不知成了谁的盘中餐。

　　花花被一家医药研究所买了去,送进了实验室,成了一只"实验狗",吃得好,待遇高。忽一日,几个穿白大褂的人在它身上打了一针。等它醒来时,好端端的肚子上缠上了纱布,五脏六腑中少了半个胃。

　　刀口还未愈合,穿白大褂的人又让它睡去,在它正常的心脏上安装了一件东西,花花醒来后叫不出声。

　　最后一次,花花睡下就再没有醒来,它被四分五裂,只剩一张皮。

　　小白、小黑和花花,出生的环境一样,母亲一样,有着同一个称谓"狗",命运却因环境的改变而完全不同。

　　经常有人发问,为什么付出同样的努力,某人就是英雄,自己就是鼓掌的那个人?为什么在同样的起跑线上,某人喝咖啡坐轿车,自己就是拼命挤公交的那个人?

　　其实,同一棵树永远长不出两片完全相同的叶,同一根藤永远结不出两个味道一样的瓜。凡事只要用心了、努力了、尽责了,就足够了。世间万物虽不同也大同,人活一世,草木一秋,无法改变的东西其实很多很多。

夜宿山庄斗虫记

　　闹市住久了就会向往乡村。尤其是夏季,穿行在钢铁与水泥构筑的都市森林中,热浪滚滚,举手投足,挥汗如雨,多么渴望有一个远离喧嚣,绿树成荫的清凉宁静之地。今年盛夏时节,一个周末终于如愿以偿,身背简单的行囊,独行至一个尚不足百户的小山庄。

小山庄群山环绕,绿树成荫,微风吹过,清新凉爽。晚上,在友人的安排下,夜宿一个农户家。该农户外出打工,房屋空闲,成为山庄接待外来人的客房。借着满天星光,只见这家农户,由于时久不住,院外荒草旺长。不承想,门一开,灯一亮,眼前却是另一番景象,房间内沙发、卫生间一应俱全,在山里能有这样的住宿条件也算完美。

山里的夜确实凉爽,不用空调或风扇,盖着薄被子足以睡一个美觉,当时心里很是欢愉。友人安排停当后作别,我关窗闭门,畅快地洗了一个热水澡后,打开电脑,准备静夜创作。此时,猛然感觉腿下有物件在走动,一时奇痒,抬腿之时,只见一个大蚰蜒(俗称"钱串子"或"毛咋咋")正在身下逃窜。这厮密密麻麻的多足,行动敏捷,虽构不成多大威胁,但猛看上去确实令人毛骨悚然。情急之下,我拿书拍击,它蜷缩一团死去,刚清理完这具死尸,抬头时,只见地下又是一只,正急匆匆向着我的床边爬来,惊讶的同时,本能驱使我扔书而去,还好,正好击中这厮,它在地上爬行不得,垂死挣扎。

蚰蜒形态与蜈蚣相似,坊间有传言说,蚰蜒会钻进婴孩的耳朵里,甚至会在婴孩的肚子里寄生,真假不得而知。蒲松龄在《聊斋志异》中云:"学使朱矞三家门限下有蚰蜒,长数尺。每遇风雨即出,盘旋地上如白练然。"在民间,更有许多关于蚰蜒的传说,其中一个故事流传甚广。说古时候有个老蚰蜒成精了,自称"姓游名延晶,家住墙角阴湿村",与一名貌美如花的姑娘半夜私会,姑娘的家人发现他是妖精,于是就找来法力高强的得道高僧,高僧抱来一只公鸡收降了蚰蜒精,解救了受骗的姑娘,因为鸡是蚰蜒的克星。

连打两只蚰蜒后,本想这下应该得以安静。谁知,我无意间抬头,只见墙壁上,不知何时又出现了三只大蚰蜒,它们正虎视眈眈面向我,怎么办? 就在我低头找物件准备灭掉这厮的时候,看到墙角也出现了几只,个个面向我的床,墙上和地下,似有上下夹攻之势。我看到床边放着的报纸,起身拿起报纸准备去拍打墙上的三只,忽听"啪——"的一声响动,窗帘上不知何时也藏着几只,跌落在地上,正一路狂奔向着门口逃去。

这个屋子到底藏着多少只蚰蜒? 我一时顿感浑身奇痒,睡意全无。乡村的夜安静得没有一点声响,只有头顶上的节能灯发出轻微的电流声。"砰——砰——"此时,仿佛有人在拍打窗户,是的,我听得真真切切,确定是有人或物在拍打窗户。我大喊一声:"谁?"无人应答。拍窗的声音反而更大、更密集。"砰砰砰砰——"好似千军万马杀将过来。

"它们会不会召集同伴前来复仇,如果真的到来,我该怎么办?"心里立即害怕起来,与此同时,我发现地上不知何时,又多了几只,它们何时出现在地上,我一无所知,只见它们一动不动仿佛在等待着什么,我扭头的瞬间,竟然发现衣柜的缝隙处,有几只正探出了半个身子,仿佛在观望着什么。

"砰砰砰砰——"院外,拍打窗户的声音更加猛烈,由原来的间隔到密集,屋外仿佛有"呼呼"的风声。一种巨大的恐惧感瞬间将我包围。我开始后悔,后悔我原本就不该灭掉那几只,后悔我本不该住在这里,是我的到来打破了它们的宁静,是我打死了它们的同伴,才惹得它们呼朋唤友前来复仇的。我再也无力去打地上的蚰蜒,也不敢再去招惹它们。说实话,有时候,面对一种昆虫,不是因为它有多么的可怕,只是同一类型的昆虫在你面前多得无法招架的时候,不管你内心有多么强大,都会产生恐惧,这是本能。况且蚰蜒这种昆虫,蠕动的多足,长长的触角,威力有多大且不说,看了就会起一身的鸡皮疙瘩。

"砰砰砰砰——"窗外,拍打窗户的声音持续着,越发密集。如果它们将窗玻璃击碎,"哗——"地一下,蚰蜒如决堤的水,呼啸而来,将我团团围住,密密麻麻地爬满我的全身,撕咬我的肉,喝我的血,我或许会成为它们的一顿美餐,会死得非常惨烈。怎么办? 怎么办? 我蜷缩在床的一角一动不敢动,脑子里一团乱,额头上早已冒出了汗。此时,地上的蚰蜒又多了许多,由几只变成了十几只、几十只。

时间在一分一秒地过去,房间内的地上,蚰蜒越聚越多,足足有上百只,而且在不断集结,我吓得瑟瑟发抖,手里握着打火机,心想,如果它们胆敢发起攻击,我会将床上的棉被点燃扔下去,与这厮们同归于尽。我小心翼翼地打开手机看了看时间,当时是凌晨四点二十分。

突然,"哗啦——"一声巨响,窗户瞬间被击碎,破碎的玻璃飞溅而来的同时,数以万计的蚰蜒如潮水般向着我涌来,一时间地下集结的蚰蜒也闻声而动,它们一齐向我围将过来,整个屋子全是蚰蜒,密密麻麻,浩浩荡荡,里三层外三层,密不透风,我被数万只蚰蜒包裹着,嘴里、鼻孔里、耳朵里全是蚰蜒,我扭动着大喊大叫。"啊——"一声大喊,睁开眼后,窗户已经发亮,原来是一场噩梦,我出了一身冷汗。或许是太累了,我蜷缩在床脚不知何时竟然睡着了,我看了看手机,时间是凌晨四点三十分,眯眼十分钟,做了一个可怕的噩梦。此时,地下的蚰蜒已经不知去向,只留下几只死尸。

打开门，院外荒草丛生，窗玻璃上沾满了各种飞蛾的尸体，原来那个晚上，正是这些飞蛾寻光而来，在不停地撞击着窗玻璃，发出声响。早起的农人已经开始走出家门，当我说起晚上的遭遇时，村里人说，可能是这房屋长久无人居住，加之外面荒草茂盛，才生出这样多的蚰蜒。一个村民说，这算是万幸了，亏得荒草中的蛇没有去打扰你，荒草之中是蛇的理想栖息之地，村民们经常看到有蛇在院子里窜来窜去。闻听此言，我不由倒吸一口冷气，顿觉后背冷风嗖嗖。

自从那次夜宿山庄，与蚰蜒斗争一晚，回到城里，很长时间，我只要一想到这种昆虫，浑身就会奇痒。原本想凉爽清净一个晚上，结果被这虫吓出了病，每晚睡觉前总会反复检查房间，甚至白天坐在办公室，也会时不时本能地看脚下，总感觉地下有蚰蜒在爬行。

其实，在这个世界上，任何事物的和谐都有度。不管是人与自然还是人与人之间的和谐共处，都需要有一定的范围和底线，如果超越这个范围，突破最基本的底线，就会产生冲突，这是与生俱来的本能，不管是人还是物，甚至昆虫，皆为大同。

迷途者与狼

故事发生在簸箕庄。

漆黑的夜，在该庄的后山，一匹狼行走在阴森的丛林中。

它是一匹地地道道的北方狼，在没有狮子和老虎的北方丛林,狼就是王。

狼喜欢站在某一块高大的石头上,发出高亢的呐喊去证明自己的存在。

狼习惯用王者的姿态去审视远方。这匹狼走得不紧不慢,不慌不忙。

小达理这时正蹲在黑暗中,他听到荒草的轻微响动后想到了狼。

小达理蹲在地上屏住呼吸,他知道狼朝着他的方向走来,他担心它会伤害他。

其实,狼很早就注意到黑暗中的小达理,灵敏的嗅觉告诉它前方是一个小伙子。它注意着他的一举一动,它不敢贸然行动,它担心他会伤害它。

达理想起爷爷在世的时候常讲,狼是不伤人的。在国外,北印第安人的神话中,狼是主宰动物界的"长者"。它可以召集自己的伙伴和同类,命令它们去帮助神话里的英雄。

达理明显感觉狼离自己越来越近。

咚咚,咚咚——

达理听到自己狂烈的心跳声,在寂静的夜,声音大得仿佛震天动地,更要命的是,此时他还光着屁股。

按理说,从小在山里长大的孩子是不会迷路的,他今天迷路了。傍晚,他去给老张叔家送牛,返回时,想翻山抄近路,那样和走大道比起来至少要少走五里路。结果天越来越黑,黑暗中他走得浑身是汗,几个小时过去了也未能走出丛林。漆黑的夜里,在密不透风的林木中,他辨别不清方向,甚至看不到天空。

他累了,坐下来休息,肚子一阵蠕动。他起身选择在一棵树下蹲下方便。也就在这时他听到了狼的声音,他光着屁股,蹲在原地不敢动。

　　狼望着达理。在狼的世界里没有真正意义上的黑夜,它喜欢在漆黑的夜里撒欢,喜欢在漆黑的夜里自由行走。黑夜让人感到恐惧,黑夜是狼的天堂。

　　在离达理有一米远的地方,狼的脚步放慢了,停下了。它看到了达理光着的屁股和额头上的汗,它嗅到了达理的呼吸,那是过分紧张下的呼吸,吹过来的是湿漉漉的气流。

　　达理如一个盲者,他无法辨别狼与他的距离,通过声音判断他知道狼离他已经很近,或许就在身后,他紧张得厉害。他生活的簸箕庄就在山的脚下,自从山上的植被受到保护后,就有了狼,甚至有狼在白天大摇大摆地进过村庄,偷一只鸡或小狗。可那是在村子里,在白天。现在在丛林中,这里是狼的地盘,狼的村庄,他属于误闯者,冒犯者,是孤立的,是危险的。

　　狼盯着达理,它慢慢趴下了,小心翼翼,没有一丝声响。它用两只前蹄垫着头,目不转睛地望着达理,就像一个淘气的孩子用手托着腮望池塘里行走的鱼。

　　其实,这匹狼认识达理,它多次去过簸箕庄,它看到达理去池塘里提水,看到达理和他的父亲一起去田里劳作。在狼的眼里,达理是熟人,它没有伤达理的意思,它不明白这个小伙子为什么会在这里,为什么蹲在那里一动不动,它担心他是来伤害自己的人,这是自己的领地,它必须提高警惕。

　　漆黑的夜,茂盛的丛林中,面对一匹狼,没有声响比有声响更让人紧张。达理感觉自己快坚持不住了,他双腿发麻失去知觉,随时都有坐在地上的危险,他一只手提着裤子,另一只手托着地,他无法看到狼此时在干什么,他无法预料狼何时对他发动攻击,他感觉喉咙干得厉害,他想咳嗽,但不能。他使劲儿咽着口水去湿润那仿佛就要冒烟的喉咙。

　　狼望着达理,它有足够的耐心,它无法明白这个小伙子要干什么,它看到他的手放在地上,它担心他的手里有东西,可以杀伤它的东西,它的毛发竖起,眼睛放大。曾经无数次面对奔跑的山羊,甚至野猪,它从来没有像今天这样紧张,它在想或许他不会伤害它,可又感觉不可能。狼很矛盾,如果现在扑过去,自己肯定会胜利,它不想那样干,如果小伙子没有伤害它的意思,它不愿意去伤害他,因为他不同于一只山羊。狼使劲盯着小伙子的眼睛,它想从他的眼神里发现些什么。

　　"一个人走夜路遇到狼,一定要镇定,要真诚,要让狼知道你是不会伤害它的,千万不可蛮干,否则吃亏的是人。"

　　达理想着父亲说过的话,他不知道此时该如何去表达真诚,他恐惧,累,腿酸痛,他流下了泪。

　　狼看到了他眼里滚落下的泪水,它抬起了头。它迅速回望了一下身后,有足够的退路,它想试探一下小伙子,它轻轻用一只前爪子在地上划动落叶。

　　沙沙,沙沙……

　　突然,达理听到身边传来声音,误认为狼开始对他攻击,眼一黑失去了知觉。

　　"扑通——"

　　狼被达理的倒下吓得呼地一下站起,毛发完全竖起,血液周身膨胀,它做出了随时扑过去的准备。然而,倒下后的达理没有了动静。

　　狼再次安静了下来,望着一动不动的达理,好久,好久。狼慢慢感觉眼前的小伙子不可能伤害它,它试探着起身,前行,他一动不动。

狼走到了小伙子身边,试探着伸出前爪碰了碰他,他依然一动不动。

会不会死了？难道是自己的举动吓死了他吗？狼似乎很忧伤。

狼凑近小伙子的鼻子,嗅到了他有微弱的呼吸,它伸出舌头舔他的脸,它希望他醒来,想起自己无数次进村庄,偷鸡吃狗,村庄里的人从没有伤害过它,今天小伙子来到了丛林,这是自己的地盘,它感觉自己怠慢了他,它添着他的脸,越想越忧伤。

后来,狼紧贴着达理卧下了,因为山里的雾气开始湿漉漉地弥漫开来,它想为小伙子遮挡湿气,一直到鸟儿欢叫的凌晨。

鼠　　患

秋收结束,德谷老汉把收获的金黄的玉米棒子一筐筐地搬上楼棚后,已经黄昏。

今年,整个村庄获得了多年不遇的好收成,人人都像喝醉了酒似的满面红光,德谷老汉也不例外,他拍拍手上的灰土,很满足地坐在自家院子里抽旱烟,一条老黄狗摇着尾巴在他的身边转悠。突然,一只猫头鹰落在房屋脊上。暮色之中,德谷老汉看得清清楚楚,他的心里一阵紧张,死死地盯着猫头鹰。

"咕咕咕喵——"一声凄厉的鸣叫彻底打破了黄昏的平静。德谷老汉的心里"咯噔"一下,旱烟袋没有拿稳,掉在地上。"这东西,咋就不偏不正地落在自家的屋脊上叫呢？"德谷老汉感到很晦气。在农村最不愿听的就是猫头鹰叫，总认为这是一种不祥之兆。去年秋天，一只猫头鹰在憨蛋家的屋脊上叫了几声，结果憨蛋家一头很壮实的牛就莫名其妙地死亡，尽管最后经兽医解剖证实是牛误食了带农药的谷草，但村民们不这样认为，谣言四起，传得很邪乎，根源都落到猫头鹰头上了。

猫头鹰高高地站在德谷老汉家的屋脊上，叫了一声似乎还没有离去的意思。德谷老汉急了，站起来去屋里找小孙子的弹弓，一股无名的邪火在德谷老汉的心里憋着，他想敲死它。然而等德谷老汉找到弹弓出来后，猫头鹰已经飞走了，空空的屋脊上什么也没有。

德谷老汉很沮丧，晚上吃了很少的饭，坐在院子里好像和谁有深仇大恨一样发狠似的一袋接着一袋抽旱烟，也就在他磕烟锅的时候，听到猫头鹰又在叫。这次不光叫，而且还在欢快地笑，不过这次不是在自家的屋脊上，德谷老汉仔细听着好像是在老八家的屋脊上。这对于德谷老汉来说心里或多或少有了些许安慰。同病相怜，总之有了个伴儿，假如出什么事也不至于太丢人现眼。

晚上，德谷老汉躺在床上，迷迷糊糊地感觉盛满玉米棒子的楼棚上有动静，好像是猫头鹰的动静，声音尖尖的很吓人。"这东西，难道还想在我的楼棚上做窝不成，真是晦气到家了。"德谷老汉一个激灵坐了起来，他披衣摸索着找到手电筒后上了楼棚，他想去看个究竟。

借着灯光德谷老汉在楼棚上查看着每一个细节，突然，他发现一个大玉米棒子上好像有什么东西咬过，旁边脱落了好多玉米籽儿，就在咬过的玉米棒子上还有几滴鲜血，好像刚刚滴上，在灯光下十分的刺目。德谷老汉当时的脑袋"嗡"的一声响。"玉米棒子上怎么会有血？"他一下就瘫坐在玉米堆上，他不明白这几滴血对他来说到底意味着什么。

第二天，德谷老汉一大早就出了家门，他到了村主任家。村主任贾胖正红肿着双眼坐在沙发上抽闷烟，其实昨晚猫头鹰也在他家的屋脊上叫了，他也一夜没有睡好。听了德谷老汉的话后，贾胖说："看来，事情确实很严重，为了全村人的安宁，应该迅速召开个会议，看看采取什么措施，不能让猫头鹰就这样一直叫下去！"

会议进行了整整一个上午，关系到全村人的切身利益，村民们都在旁听，讨论很激烈。最后敲定：晚上全村出动，开展"打猫头鹰大行动"。有土枪的家户拿土枪，没有土枪的家户拿火把。总之，有力的出力，没力的也要参加。

晚上，整个村庄大小400多口人全部出动了，灯笼火把如一条长龙一直从村东拖到村西。贾胖一声命令，吆喝声、枪响声、敲着铁锹的叮当声乱成一片。队伍在村子里转了三圈，每一个小巷，甚至每一个死角胡同都"响"遍了，最后又"响"着往村外追去，因为有人高声喊说发现了猫头鹰，往村外的方向飞去。"打猫头鹰大行动"闹腾了大半夜，大家的嗓子都喊哑了，土枪响得发热了，才各归各家安静下来。

"咕咕咕喵——""咕咕咕——"村民刚刚疲倦地睡下，猫头鹰又叫了，一声连着一声，从这一家的屋脊飞到另一家的屋脊上，像是在屋脊上赛歌，闹了一夜的"行动"就这样被宣告失败。

后来，贾胖开会研究后，决定采取物质奖励的手段打猫头鹰。专门出台规定：不论本村还是外村的村民，凡在村里打死一只猫头鹰者，提到村委会一律奖现金10元。规定一出台，曾经是打猎的把式开始擦拭早已生了锈的自制土枪，晚上村子里莫名其妙地多了许多扛枪的人，等人们熟睡后，窗外总会时不时传来几声脆生生的枪响。

规定刚出台第二天，就有人给村委会提上了 3 只猫头鹰，村委会说到做到，现场兑现发出现金 30 元。一个月过去后，村委会发出了几百元钱的奖金，此后村子里再没有出现过一声猫头鹰的叫声，村民们的脸上重新有了像刚秋收后的兴奋。然而他们万没有想到的是猫头鹰没有了，却有一样东西开始在村子里迅速繁殖增多，那就是老鼠。

老鼠成群结队地出现在村子里，出现在存放玉米棒子的楼棚上，出现在村民家的厨房里，刚开始老鼠见到人后还躲躲闪闪，后来就变得明目张胆起来。德谷老汉奇怪说，他活了大半辈子也从来没有见过这样多的老鼠。有村民去找贾胖，贾胖只好召开会议。在会上，人们纷纷议论，有人说，可能是外村的老鼠都跑到了村子里，也有人说，由于今年的气候情况很适宜老鼠繁殖，所以老鼠越来越多。最后，采取措施派人挨家挨户收钱，又挨家挨户发鼠药。刚开始放上鼠药还管用，后来狡猾的老鼠就识破了人的伎俩，对于放鼠药的粮食一粒不动，拼命地损害楼棚上的玉米棒子，粮食损害得差不多了就发展到啃衣服，晚上睡觉前脱下的衣服，第二天就被咬得千疮百孔，甚至有的家庭初生婴儿半夜突然传出哭声，大人一看原来是一只大老鼠在啃孩子的小手指头。

鼠患泛滥，看来住了上千年的村庄彻底成了老鼠的自由之地。无奈之下全村移民，给老鼠让地盘。肥沃的已经耕作了多年的土地放弃了，洁净的泉水、崭新的楼房都得放弃，好多人都是含着眼泪离开这个村庄的，有的已经在这里生活了几代甚至几十代，曾经千辛万苦开拓出来的田园，如今却被小小老鼠夺去。

卧在三叔枪口下的狼

　　三叔经常给我们讲同一个故事。我记事起三叔就讲,三叔临咽气的时候还在断断续续地讲。

　　三叔年轻的时候曾经是远近闻名的猎手,一把自制的土枪百发百中,在那个物资相对贫乏的年代,许多人吃不饱饭,三叔却每天能吃上香喷喷的烤兔肉。

　　三叔说他最后一次打猎是一年深秋。那天,秋高气爽,满山遍野一片金黄,三叔踏着松软的荒草小心翼翼地搜寻着,不放过每一个细节。奇怪的是他连一粒兔屎也没有寻到,从早晨一直在山上转悠到下午,一枪也没有放。三叔说,他从来都没有这样失败过,多年的打猎经验,他能很准确地从一粒兔屎判断出一只野兔的走向。将近黄昏的时候,三叔啃完最后一个窝窝头,打开水壶喝了一口水,准备空手返回。

　　西沉的夕阳将三叔的影子夸张地拉得很长。突然,三叔发现前方的灌木丛中仿佛有什么东西晃动了一下。"有猎物?"三叔警惕地停下脚步往前看,除去密集的灌木和植物藤条外什么也没有发现,三叔认为是自己看走眼了,又开始往前迈步。"沙沙",前方灌木上已经干枯了的叶子确实发出一阵被什么东西摩擦后晃动的声音,三叔这次听得清清楚楚,而且不是野兔或野鸡之类的小东西,凭三叔的经验判断这一定是个大猎物。会是什么呢?三叔警觉地端平了土枪,黑乎乎的枪口瞄准了灌木丛。因为没有弄清楚灌木丛中到底藏着什么东西，三叔不敢再贸然前行，更不敢开枪，他相信猎物已经注意到他，此时最好的办法就是相互对垒，看谁的心理防线提前崩溃。如果猎物要突然奔跑，那说明三叔从心理上已经战胜了猎物，接下来就是开枪射击，然而出人意料的是猎物并没有跑。

十分钟、二十分钟、半个小时过去了，三叔端枪的手和肩膀已经发酸，开始微微地颤抖，额头上全是明晃晃的汗珠，对面的猎物仍然没有一丝要逃的意思，而且没有了动静，天眼看着就要黑了，怎么办？三叔的心里开始发虚。因为天越黑对三叔越不利。到底会是个什么东西？凭经验三叔再次排除掉了狐狸、山羊和野猪。因为这些猎物发现人后，第一反应就是迅速逃窜，除非是……三叔的手心开始出汗。

突然，三叔的脚下一块石头松动，在没有防备的情况下腿一发软手指头触动了枪柄，"砰"的一枪响过，打偏了，枪子打在灌木旁边的土地上，扬起一股烟尘。只见对面的灌木丛中一声长吼，一大一小两个黑团猛地蹿出。"狼！"三叔本能地惊呼了一声，吓出一身的冷汗。过后三叔说，假如大狼当时受惊猛扑过来，三叔只有死，因为自制的土枪，放一枪后就得重新装火药和枪子，但一大一小两只狼没有朝三叔扑过来，而是朝着相反的方向逃去。

可能大狼是一只很老的母狼，行动很迟缓，它带着小狼刚跑了一小段路程，就站在一块岩石上喘气。三叔本不想去追，累得一屁股坐在地上，擦了擦额头上的汗，乘机装好了枪。就在他重新站起来的时候，看到大狼带着小狼并没有跑多远，凭经验，三叔追上去一枪下去，大狼必死无疑，剩下的小狼不会给三叔构成任何威胁，当时一种猎人的好战心理又在三叔的心中升腾。"打你个杂种!"三叔自言自语嘟囔着,端着猎枪猫腰追了上去,大狼看到三叔追了上来,拼命地跑,小狼跟在母亲的身后时不时还回头看看追上来的三叔,也许它太小了,它并不明白猎人的追逐和母亲的拼命逃跑究竟意味着什么。

天逐渐暗了下来,三叔端着枪猛追,一大一小两只狼在前方猛跑。但间隔的距离始终达不到土枪射击的标准范围,当跑到一个大的土丘旁时,大狼好像已经耗尽了身体里最后的能量,再没有力气爬上土丘,三叔抓住这个难得的机会,瞄准了大狼。就在三叔即将扣动枪柄的瞬间,他看见老狼猛地回过头来两条前腿迅速跪在地上,头在地上点了三下,然后伸出一只前爪晃了几下,意思好像在祈求说:"我给你磕头了,求求你等一下!"

"它想干什么?"三叔心里不由一动,他打了十多年的猎,狼也打死过好多,还从没有见过这样的情景。他迟疑地放下了端枪的手。接着他看到面临死亡的老狼吼叫了一声,躺在地上,它要干什么?三叔更不解。接着就见小狼听到母亲的呼唤跑到母亲身边。此时三叔才明白原来老狼的意思是想在临死之前再喂小狼一次奶。小狼欢快地依偎在老狼身边含着乳头用眼睛瞪着三叔,它根本不清楚面对着的危险。老狼的头朝着三叔的方向,目不转睛地盯着三叔,满眼是哀求。

小狼吃了一个乳头后,饱了似的想走,却被老狼用嘴死死地咬住尾巴拖到了身边,还让它吃另一个乳头。小狼不吃,老狼就使劲拖。三叔看着僵在那里,老狼见三叔端枪的手放下了,才放心地回头用舌头舔着小狼的皮毛,一下一下地很认真,像在最后一次给儿子清洗身上的灰尘。小狼卧在老狼身边含着乳头,满足地呻吟着。

终于,小狼再也不吃了,老狼拖也拖不回来了,老狼这才站了起来，三叔又警觉地端起了枪。没有想到，老狼又一次两条前腿跪在地上，头在地上点了三下，用前爪比画着仿佛在和三叔讲条件。三叔明白老狼的意思是让他放过小狼，让小狼走。三叔茫然地点了点头。就见老狼回过头仰天叫了一声，意思是说："孩子，你快走吧！"小狼看着母亲，它不知道到底发生了什么，赖着不走，老狼又叫了一声，小狼还是不动。老狼猛地在小狼的尾巴上咬了一口，咬得小狼发出凄凉的叫声，但小狼仍然不走。老狼急了，再次对天长叫一声，意思是："你快走吧！"此时三叔看到小狼的双眼泪汪汪地轻声叫着，始终不愿离开自己的母亲。老狼彻底火了，猛地在小狼的屁股上乱啃起来，吓得小狼撒腿就跑，老狼啃着叫着，赶出小狼好远。三叔的眼里顿时一片泪光，原本三叔看到老狼啃着叫着追赶小狼跑了后，已经不去追了，三叔打算彻底放过这对母子。没有想到的是老狼将小狼追远后又回来了，它来到三叔面前，卧在地上，双眼紧闭，意思是："开枪吧，我回来了！"它就像一位刑场就义的英雄，很坦然，没有一丝恐惧。

三叔看着卧在枪口下的老狼已经完全失去了开枪的勇气，三叔对着老狼说："你走吧，好好去照顾你的孩子吧！"

狼没有明白三叔的话，睁开眼看着三叔。三叔朝狼摆了摆手，意思是让狼走。狼没有动，三叔见狼不动自己背起猎枪大步走了。

走了好远，三叔回头时，看到老狼还在原地两条前腿跪着，朝着三叔离去的方向点头。

从此，三叔再不打猎了。